HASSAN SØRENSEN

MANUALEN
TIL
LIVET

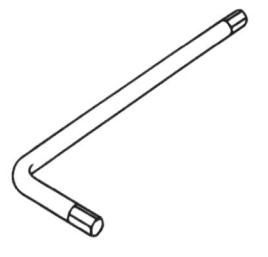

Dette er manualen til dit liv.

Den skal følges nøjagtigt for at opnå det perfekte liv – efter min bedste overbevisning.

Der findes en række andre 'gør-det-selv' bøger, der indeholder subjektive vejledninger til livet, retfærdighed, kærlighed etc. Dette kan fx være Biblen, Koranen, Vedaerne m.fl.
Disse bøger er også skønlitterære og bør kun læses som underholdning.

Lommefilosofi, grafik og layout: Hassan Sørensen
2. udgave, Copyrigt © 2021

Korrektur: Julie Frey/TEMPERfray
Forlag: BoD – Books on Demand, Hellerup, Danmark
Tryk: BoD – Books on Demand, Norderstedt, Tyskland
ISBN 9788743033288

Flere bøger af samme forfatter på
propagandaministeriet.dk

Indhold

Indledning

Det var et TV-program på Statsradiofonien i 1957.

Et debatprogram om fremtiden, som blev sendt i de sene aftentimer, efter Ungarns-udsendelserne.

Danmarks første datamat, DASK, var kommet til verden, verdens første satellit, Sputnik 1, var blevet sendt op fra Bajkonur kosmodromen i Sovjetunionen, og det Europæiske Fællesmarked havde set dagens lys.

Der var en mærkelig blanding af optimisme og angst i luften, når man talte om fremtiden.

En ung ingeniør, med moderne frisure, talte ivrigt om den mere fjerne fremtid.

"Om 60 år, i ... 2017, har alle familier et flyvende automobil og en robot, som ordner alle de huslige pligter. De går alle i ens tøj, en slags kunststof, som gør, at temperaturen altid er perfekt. I Sovjet har de opfundet datamater, som kan løse alle videnskabelige problemer ..."

En ældre professor i en alt for stor tweetjakke afbrød ham med et enkelt ord: "Nej".

Den unge ingeniør stirrede forskrækket på ham, og resten af salen blev mærkbart tyst.

Alle spidsede ører til det næste, der blev sagt, for professoren var kendt for sine spidsfindigheder, og samtidig var det svært at høre, hvad han sagde, på grund af piben. Han sad bare dér og kiggede ned i gulvet, holdt med tre fingre om sin pibe, der aldrig forlod hans mund, og talte lavmælt, men med stor autoritet.

"I året 2017 findes sovjetunionen ikke mere, og Kina er blevet det rigeste land i verden. Man kan sagtens lave flyvende automobiler. Men man gør det ikke, fordi det er for dyrt. Samtidig er de helt vanvittigt optaget af miljøet, fordi de mener, at det er deres skyld, at verden bliver varmere."

Den unge mand brød forsigtigt ind.

"Verden er vel blevet varmere siden istiden …"

"Ja." Svarede professoren. "Men det går hurtigt til den tid."

Der gik nogle suk igennem publikum. Nogle af forskrækkelse, andre af forventningens glæde.

"I 2017 har de kun en robotstøvsuger og en vaskemat som kan klare opgaverne selv. Alle de andre huslige pligter er stadig manuelt arbejde.

Til gengæld har de TV-transmiterede konkurrencer om, hvem der er dygtigst til at lave mad og bage.

De har alle sammen en hånddatamat, som de kigger ned i, hver gang de har mulighed. Den kan både telefonere og sende elektriske breve. Den kan fotografere og hænge fotografierne på store elektriske opslagtavler, som man kan se på hånddatamaten. Og de er virkeligt optagede af at få tilkendegivelser. Et lille bitte billede af en tommelfinger er mere værd end penge. Nogle af dem betaler endda penge for at få flere tommefingerbilleder.

Nogle af damerne får opereret puder ind i barmen og sprøjtet gift ind ved øjnene, så de bliver pænere på de billeder, som de tager af sig selv for at få flere tommelfingerbilleder.

De er så optagede af deres udseende, at det hverken er skamfuldt eller mærkværdigt, at de får farvet håret, barberer øjenbrynene af, og tatoveret nye ligesom stammerne i Tahiti. Mange har tatoveringer på hele højre arm. Nogle bruger et kemikalie til at få bleget deres endetarmsåbning."

Der gik en forsigtig latter igennem publikum.

Professoren fortrak ikke en mine.

"De har TV-transmiterede ungdomslejre på fjerne øer, hvor seerne kan følge med i, hvordan de unge stifter ufred og har samleje."

To af publikummerne rejse sig og forlod mumlende salen.

"Over halvdelen af alle ægteskaber bliver opløst, og mange børn har både en moder, en fader, en sted-moder og en sted-fader, samt muligvis en forhenværende sted-fader, og naturligvis halvsøskende på både moderens og faderens side."

Nu brød ingeniøren heftigt ind: "Sikke noget sludder! Samfundet ville jo gå i opløsning!"

"Javist." Svarede den ældre professor. "Det er gået i opløsning for længst. Men deres hånddatamater hjælper dem med at holde samling på fragmenterne af samfundet.

De kan få realkredit, hvor de kun skal betale renterne i de første ti år. På den måde kan de købe huse, som de ikke har råd til.

De låner også penge i banken til at rejse på ferie, i flyvemaskiner, til Siam.

I Danmark har vi fået mange forskellige slags tog, men det er blevet så dyrt at rejse med dem, at mange ligefrem sparer penge ved at køre i eget automobil.

Automobilerne har puder, der puster sig op ved ulykker, og sikkerhedsseler på både for- og bagsæde.

I familierne er det børnene, som bestemmer, hvilke klæder de skal have på i skolen, hvilken aftensmad familien skal spise, og hvad familen skal foretage sig i weekenden.

De voksne har ikke meget tid til at opdrage børnene, selvom de kun arbejder 37 timer om ugen."

Der gik igen en forsigtig latter igennem publikum.

Han fortsatte ufortrødent, og ignorerede TV-værten, som forsøgte at afbryde ham.

"De er så optagede af elektriske breve, og disse elektriske opslagstavler, som de kan se på deres hånddatamater, og naturligvis TV, som til den tid vil have over 100 kanaler at vælge imellem."

TV-værten så nu frustreret ud.

"Statsradiofonien selv har mindst fem forskellige kanaler. Heraf to kun for børn."

"Det er jo det rene vanvid, dét de sidder der og gætter!" brød den unge mand ind.

"Javist ... Javist ..." sagde professoren.

"Men ikke desto mindre er det muligt at det bliver sådan."

TV-værten skyndte sig at bryde ind: "Ja, det håber vi sandeligt ikke! Det ville jo være for-færdeligt!"

Manualen til livet

Hulemænd og sabelkatte

Når vi skal forstå verden, og os selv, så skal vi tilbage til hulemænd og sabelkatte. Sådan har mennesket levet i flere millioner år, og først for nyligt røg vi med et lynhurtigt ryk hen over dampmaskiner, farvefjernsyn, atombomber og iPhones til dér hvor vi står i dag, i en frygtelig suppedas af rådvildhed.

Hvis du bladrer bogen hurtigt igennem og bemærker, hvor mange bogstaver der er (du behøver ikke tælle dem, bare få et hurtigt indtryk), så kan vi lege, at mængden af bogstaver repræsenterer det antal år der har levet mennesker på jorden. De sidste fire-fem bogstaver (give-or-take et komma) repræsenterer så den moderne tid med elektricitet, IKEA, Syriske flygtninge og WiFi.

I gamle dage – altså rigtigt gamle dage – levede mennesker i små grupper, under et træ eller i en hule, og hyggede sig med at samle bær og nødder, jagte en gazelle og flygte fra en sabelkat. Så blev det tordenvejr, og de opfandt religion. Religion er sådan set bare angst, der er sat i system.

I løbet af rigtigt rigtig mange år fandt de på at domesticere planter og dyr; altså dyrke dem systematisk, i stedet for at finde dem i naturen. De såede fine marker med hvede, og vogtede dyreflokke. Sikkert geder eller køer. De fandt ud af, at man skal tænke et år frem, for at kunne høste og bytte korn for kød. Der opstod dét, vi forstår ved "samfund", hvor folk blev fastboende, specialiserede sig, organiserede handel og fastsatte regler, for hvordan man skulle opføre sig. De byggede hytter og satte hegn op.

Arkæologer finder en masse ruiner og potteskår og gætter en hel masse om, hvordan de levede, hvordan de tilbad guderne, hvorvidt de var ligestillede, og hvor meget en ged var værd i korn. Men husk lige på: Det er vilde gæt. Så længe de ikke har skrevet noget ned, så aner man ikke en skid om hvordan de levede.

Helt frem til-og-med Emil-fra-Lønneberg-tiden har de enkelte menneskers verden set nogenlunde sådan ud: De kendte deres lille landsby og et enkelt marked i den nærmeste større by. Det var dét. Nyheder udefra kom i kirken (moskéen, templet, synagogen; frit valg) eller på markedet. De kom som regel mundtligt. Hvis nyheder skulle overleve en rejse på flere hundrede kilometer, eller mere, skulle de godt nok være interessante, for at undgå at blive glemt i overleveringen fra købmand til købmand. Og som regel kom de at handle om noget helt andet, før de nåede frem.

Det er dén verden hele vores krop og psyke er tilpasset igennem evolutionen. At vi i få årtier har levet med tv-avisen, fagforeninger og skolepsykologer har ikke på nogen måde kunnet ændre vores fysik eller psyke. Sagt med andre ord: Hvis evolutionen gik mega stærkt, ville vores fingre være tilpasset til smartphones, og psyken tilpasset det moderne arbejdsmarked. Men det er ikke tilfældet. Langt fra. Fysisk og psykisk er vi perfekt tilpasset livet på savannen, med sabelkat-risiko, glæden ved en håndfuld bær og en gazelle på bålet.

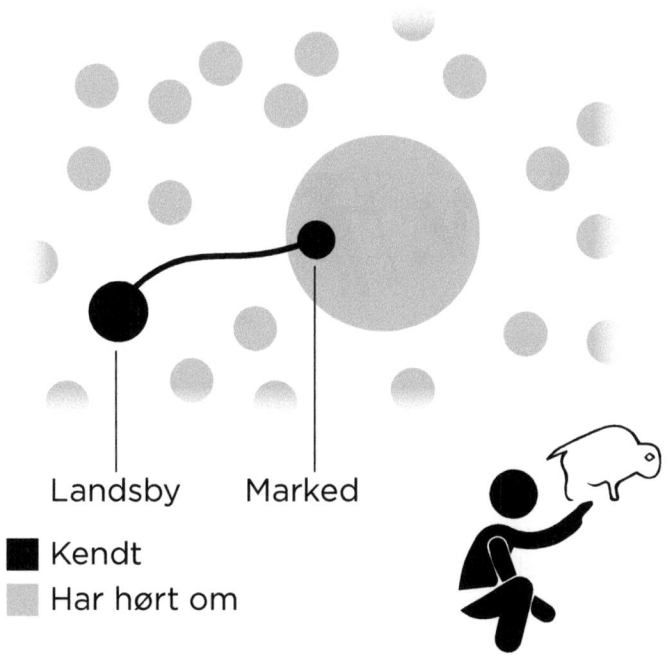

Landsby   Marked

■ Kendt
  Har hørt om

Den globale landsby

Evolutionært er vi på ingen måde tilpassede til nationalitet, og slet ikke internationalitet.

Faktisk er vi fysisk og psykisk tilpasset et liv i en lille landsby, med månedlige besøg på et enkelt marked i den nærmeste storby. Det er hele vores verden.

I landsbyen udvikler vi os sammen og bliver lidt indspiste, for ikke at sige indavlede. Vi går i næsten det samme tøj (den lokale uniform: Egnsdragten), vi spiller den samme musik, vi danser på den samme måde, og vi spiser den samme mad.

På markedet, i storbyen, kan folk på lang afstand se, at vi kommer fra dén landsby, og har en forudfattet mening om os. Hvis én af de andre fra vores landsby engang har stukket ild til en gris eller brækket sig i en vase, så bærer vi skylden og skammen kollektivt.

Landsbyen fungerer stadigvæk i bedste velgående. Dén forandring, der er sket, er at landsbyen så-at-sige er 'eksploderet'. Jeg har idag intet til fælles med min nabo, men har til gengæld en landsbyfælle i Jakarta og en anden i Bogota: Vi har den samme 'egnsdragt', vi lytter til den samme slags musik, vi danser på næsten samme måde og vi spiser meget af det samme mad. Vi udvikler os sammen, og samværet bliver plejet ved hjælp af de elektroniske medier; passivt via fjernsynet, og mere interaktivt via internettet. Men selv om den er blevet fraktioneret, og dermed også en hel del mere befolket, så fungerer landsbyen som den altid har gjort.

Stress

Stress er sundt!

I de millioner af år der har eksisteret menne-sker på planeten, er de fleste mennesker døde før de nåede at få børn. En uafbrudt linie af mennesker, der har haft succes nok i livet til at formere sig med held, har ført til dig. Du er simpelthen den foreløbige kulmination af en succes, der strækker sig millioner af år tilbage. Bare ét kiks, i de ufatteligt mange generatio-ner, og du havde ikke været til.

Så lad os slå fast at dit liv er en gave!!!

Hvis du synes, at dit liv en gang imellem ikke føles som en gave, og mener, at det skyldes stress, så skal du lige sætte dig ud i haven med en dåseøl og finde perspektivet.

Stress er én af grundene til at dine forfædre overlevede.

Helt nøjagtigt fungerer stress sådan her: Når en hulemand står overfor en sabelkat, så bliver hans syn og hørelse super fokuseret, hans vejrtrækning bliver kort, hans muskler spændes, og han er 110 % klar til kamp-eller-flugt.

Hvad enten det ender med kamp eller flugt, er sådan set ligegyldigt. Vi antager, at han overlever. Alt i alt tager det højst en halv time, fra Hr. Flintstone møder sabelkatten, til han ikke længere er i fare, og derfor ligger under et træ og får vejret igen. Sanserne sløves, vejrtrækningen bliver normal, musklerne slapper af. Stress redede hans liv. Nu har han ikke brug for at være stresset mere.

Det er jo godt. Stress er fantastisk. Sikken en gave.

Men hvis du misbruger stress og ikke nøjes med at være stresset i højst en halv time ad gangen, men er stresset i flere dage i træk. Eller uger. Eller måneder... Så dør du.

Dét, der sker ved at misbruge stress, er, at musklerne, organerne, hjernen og sindet bliver overophedet og tyndslidt.

Symptomerne kan være ledsmerter, myoser, betændelse i muskler og nerver, hjerteproblemer, vejrtrækningsbesvær, mavesmerter, nedsat funktion i nyrer, lever, milt, osv., inkontinens, kræft, hukommelsessvigt, koncentrations-besvær, humørsvingninger, søvn- og spise-forstyrrelser.

Disse symptomer kan medføre personlig-hedsforandringer, skilsmisse, selvmord, og at du ikke får hentet børnene i SFO'en til tiden.

– især når du prøver at dæmpe symptomerne med koffein, nikotin, alkohol, smertestillende medicin, coke eller Facebook.

Nu vil nogen indvende, at de ikke selv har valgt at være stressede i længere perioder ad gangen.

Jo, du har.

Sælg bilen og huset. Køb et dejligt stort telt, med rigelig soveplads. Forklar børnene, at dét de troede var en selvfølge, ikke er en selvfølge.

Manualen til livet

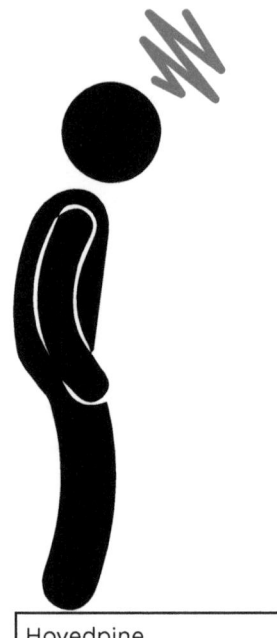

Hukommelsesbesvær

Koncentrationsbesvær

Humørsvingninger

Udmattelse

Hovedpine

Hjerneblødning

Ledsmerter

Muskelsmerter

Hjertebanken

Vejrtrækningsbesvær

Mavesår

Spiseforstyrrelser

Potensproblemer/ulyst

Find – eller skab – et job, der ikke kræver mere af dig end du kan klare, uden at blive stresset.

Måske er det i virkeligheden ikke jobbet, der giver dig stress. Måske er det dit privatliv?

Hvis det giver dig ro i sindet, så meld dig ind i en mærkelig sekt, eller en roklub.

Spil bridge, onaner, tegn på fliserne, sæt en vandtæt radio op i brusenichen... Brug tid på ting, der gør dig glad i låget!

Måske ér dit job fint nok, hvis du bare begynder at gå til spejder i din fritid? Det er ikke altid noget vi skal holde op med, for at slippe for stress. Somme tider er det et hul, der skal fyldes ud, for at fokus fungerer.

Der er ingen coaches eller terapeuter, der kan fortælle dig, hvad der vil fungere for dig. Det kan kun du. Måske skal du bare ha' en at tale til, for at finde frem til det. Afhængigt af hvor hurtigt du drikker, er en bartender oftest billigere i timen end en terapeut.

Der findes også dem, der betragter langvarig stress som en investering; hvis jeg arbejder igennem i et par år og samler så-og-så-mange penge sammen, så kan jeg realisere min drøm, og slappe af. Hm. Jeg lover dig – højt og helligt – at du dør dagen før din drøm bliver til virkelighed. Aftale?

Iøvrigt er du ikke den eneste, der lider under din stress. Det gør din partner, dine børn og dine forældre også.

Husk: Der er ingen problemer, der er så store, at man ikke kan gøre dem større ved at tilføje dårlig samvittighed.

Jeg har selv lidt af den langvarige stress i mange år. Hukommelsesbesvær, betændelse i musklerne, kronisk hovedpine og blødende mavesår.

Jeg har haft en del 9-16 jobs, og i mange år været selvstændig, hvor jeg forsøgte at af-grænse mit arbejde til 'normale arbejdstider'.

Jeg havde dårlig samvittighed overfor mig selv og min familie, fordi jeg ikke at kunne falde i søvn om aftenen. Jeg bekymrede mig, fordi jeg lod mig rive med af et projekt, eller en deadline, og fortsatte til langt ud på aftenen.

Eller – i anfald af søvnløshed – gik lange ture om natten og måtte undskylde overfor min kæreste, når jeg kom listende hjem i seng.

Efter jeg blev skilt, og endte med at bo alene, gik det op for mig, at hvis jeg droppede den dårlige samvittighed, og bekymringerne, og indrettede mig som jeg trivedes bedst med, så har problemet aldrig været et problem. Det var mit forsøg på at blive konform, der var et problem. Det gik op for mig, hvad der funge-rede for mig:

Jeg er vågen til klokken tre om natten, og sover til klokken ni om morgenen. Jeg arbej-der ti-tolv timer tre dage om ugen og holder resten af ugen fri. Jeg spiser lammekølle til morgenmad og cornflakes til aftensmad. Jeg sover med et tæppe i stedet for en dyne.

Der er folk der synes jeg er mærkelig. Ja, måske. Men det fungerer for mig, og jeg har ikke stress i mere end en halv time ad gangen. Den sunde stress.

Arbejde

1

Uanset hvad du uddanner dig indenfor, og hvor meget du specialiserer dig i løbet af din uddannelse, så vil du komme til at beskæftige dig med noget andet.

Måske ikke noget *helt* andet, men heller ikke præcis dét, du uddannede dig til. Verden – og især arbejdsmarkedet – er nemlig ikke statisk. Det er du heller ikke.

Du bliver muligvis ansat i et job med én arbejdsbeskrivelse, men med tiden vil opgaver blive byttet rundt, så du kommer til at bruge en masse tid på noget, du er særligt god til, selvom det slet ikke hører til din stilling og arbejdsbeskrivelse. Sørg for, at det også er noget, du kan lide at lave.

2

Hvis du finder det sjove i dit job, vil det være en leg.

Det kan altid betale sig at kende "de fede tings cirkel".

3

Hvis du ikke kan finde et fedt job, så prøv at finde en måde at leve af din hobby.

4

De fede jobs har altid nogle begrænsninger, som du skal affinde dig med.

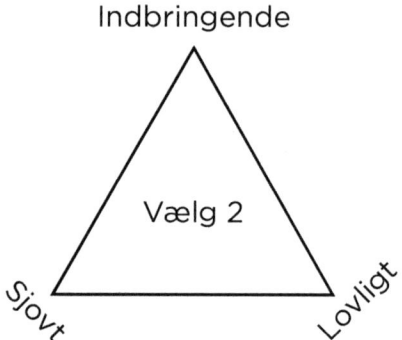

De fede tings cirkel

Du laver noget du synes er fedt → Nogen ser det du laver og synes, at det er fedt → Du bliver inviteret til at deltage i tilsvarende opgaver → Du laver noget du synes er fedt

Jobsøgning

Jobsøgning kan være en meget stressende aktivitet. Navnligt hvis man samtidig skal stå til ansvar for sin jobsøgning hos jobcenteret og A-kassen.

Mængden af afslag, og ansøgninger man aldrig får svar på, kan virke ganske deprimerende.

Mængden af forskellige forslag til hvordan en ansøgning og cv bør udformes er meget forvirrende.

Husk på, at det er dig, der søger. Det er dig, de skal vælge at ansætte.

Lyt til alle rådene, se alle mulighederne, få en god ven til at læse din ansøging og dit cv igennem, og tag så din egen beslutning. Luk ørerne.

Jeg har været med til at ansætte en del mennesker i mit liv, og de bedste tips jeg kan give dig er:

- Ingen uddannelse og erfaring passer perfekt til jobbet. En ny medarbejder skal bruge tre måneder på at finde ud af, præcis hvordan tingene bliver gjort i dét firma. Det ved de godt, når de ansætter. Du kan altså godt få jobbet med at sælge sko, selvom du har erfaring med at sælge fisk. For du ved noget om at betjene kunder. Skoene skal du nok lære at kende.

- Din personlige fremtræden betyder mere end din faglige kunnen. Vi kan sagtens uddanne dig, men vi kan ikke ændre din personlighed. Kemien er altså vigtigere end hvilke kurser du har været på.
- Det koster ca. 100.000 i alt at ansætte en medarbejder. Hvis du ikke kan arbejde med den slags computer, er det billigere for dem at købe en ny end at ansætte en forkert person. Dét, der er inde i dit hoved, er mere værd for virksomheden end nogen af de maskiner, de har.
- Ingen giver dig et job, fordi du har brug for et job. De giver dig et job, fordi du har noget, som de har brug for.
- Den bedste ansøgning er et forslag til noget konkret, du kan gøre for virksomheden: "Jeg har bemærket, at I ikke har en xxx, og sådan én kan jeg lave til jer."
- Når du søger job, er du en vare. Tag det ikke personligt, når du får afslag, eller intet svar. Det er præcis det samme som alle dem, der går ind i en tøjbutik for at kigge lidt og går igen uden at købe noget. De fleste uden at sige ét ord til ekspedienten.
- Forestil dig at du har startet en virksomhed. Dit hjertebarn. Nu vil du lægge en del af det i hænderne på én, der kommer ind fra gaden. Hvem vælger du? Den, der viser interesse for dit firma, eller den, der viser interesse for sig selv? Den, der

fortæller med stolthed om sin uddannelse, eller den, der fortæller med glæde om sine børn?

- Vælg med omhu, hvor du vil gå på kompromis, og hvor du ikke vil. Husk, at ludere har det mest ærefulde fag af alle: Vi er alle sammen prostituerede på vores arbejdsplads, gør ting, vi ikke har lyst til, for penge. Ludere er ærlige omkring det.
- Du er aldrig "overkvalificeret".
  – medmindre de kan mærke, at du skrider ved første lejlighed.

Selvstændig

Nogle har succes med at starte deres egen virksomhed. I løbet af det første år har de et rekordoverskud, ansætter en masse medarbejdere og køber en italiensk sportsvogn til at matche deres strandvejsvilla.

Nogle ...

De fleste lever i en lidt anden virkelighed.

At blive selvstændig kan koste mange penge, til lokaler, maskiner, varelager osv., og der dukker hele tiden nye udgifter op: Forsikring, afgifter, marketing, dankortterminal osv. osv. osv.

For at dække udgifterne, skal der sælges noget hele tiden.

I Danmark er det sådan, at når du sælger for 100,- kroner, så er der 80,- tilbage når momsen er trukket fra. Af de 80,- kroner koster varen måske 40,- i indkøb. Nu er der 40,- tilbage, til at dække alle andre udgifter, inden der skal betales skat. Og er der noget tilovers, så er det dit. Til at betale din private skat, husleje, forsikring, daginstitutioner osv.

En stor omsætning kommer ikke med det samme. Det kræver hårdt arbejde, og stor tålmodighed, mange nedbidte negle, og sikkert at du starter, imens du har et andet job.

Det er en almindelig opfattelse, at en succes kommer i kølvandet på at opfinde 'dimsen'. Men hvis du kigger på de største succesforretninger, så vil du bemærke, at det oftest er godt købmandsskab, der driver en stor omsætning. Hverken Elgiganten, Lars Larsen (Jysk) eller Mærsk har opfundet noget nyt. De har bare været dygtige til at handle med helt almindelige varer og serviceydelser.

Du skal vælge at være selvstændig, fordi du vil have din egen forretning, og mærke, at du arbejder for din egen sag. – og er parat til at knokle og sulte for det.

Du skal ikke gøre det, fordi du tror, at du bliver hurtigt rig, eller slipper for at have en chef. Du har pludseligt mange chefer; alle dine kunder, skattevæsenet, udvalgte myndigheder og din revisor.

Du kommer til at sige "ja", "amen" og "undskyld" ti gange oftere, end du gør til din nuværende chef.

Den mindste lille misforståelse kan medføre en shitstorm på de sociale medier, der medfører, at du taber mange kunder og dermed penge.

Hvis du har en restaurant eller café, gør gældende regler, at du skal smide for flere hundrede kroner mad ud hver dag. Samtidig skal du ikke bare gøre ordentligt rent, du skal også rapportere rengøringen og køleskabs-temperaturer i dit "egnekontrolprogram" til smileyordningen.

Med mindre du har opfundet 'dimsen', skal du finde ud af, hvordan du vil skille dig ud fra mængden. Der findes mange caféer, mange tømrere, mange fiskehandlere. Hvad gør dig bedre? Hvorfor skal kunderne vælge dig?

Sådan starter du en virksomhed

1. Tag en dyb indånding og beslut dig. Dette kan ikke gøres halvt. Sørg for at din familie er indstillet på, at det er dét, du gør. Du skal ikke starte forretningen for at starte en forretning, men fordi dét, du vil lave eller sælge, har din store interesse, og du ikke kan forene det med et ansættelsesforhold et andet sted.

2. Find ud af hvordan du vil sælge dine varer/serviceydelser, og hvordan du og kunderne kommer i kontakt med hinanden: Kommer du til dem, kommer de til dig, er det på internettet? Kan du evt. skabe en niche ved at gøre det utraditionelt, fx en tatovør, der kommer hjem til kunderne og udfører arbejdet.

3. Der er nogle grænser for, hvor meget du må tjene, før du skal registrere dig som en virksomhed, og momsregistreres. Men du kan momsregistrere dig med et halvt års tilbagevirkende kraft. Så der er lidt tid at løbe på, hvor du kan prøve dig frem. Læs alt hvad du behøver at vide på offentlige hjemmesider, fx virk.dk.

4. Søg hjælp. Tal med en revisor om regn-
   skabskrav m.m., tal med din kommunale
   iværksætterkonsulent.
   Kig på iværksætter.dk. Men mest af alt: Tal
   med dine kunder. Hvad forventer de, hvad
   synes de er godt, og hvad synes de kunne
   være bedre.

5. Gør det bedre end dine konkurrenter. Bed-
   re varer, bedre service, bedre åbningstider.

6. Opret flere konti i banken. Én til moms, én
   til skat og én til de penge, der må bruges
   til at købe nye varer m.m.
   RØR IKKE VED DE ANDRE PENGE!!!

7. Du må ALDRIG, ALDRIG handle med folk,
   der bruger slips.
   Enten har de ingen anelse om hvilket år-
   hundrede vi befinder os i, eller de er
   fantaster. (*Årets råd i Financial Times 2014*)

8. Skær ned på dine udgifter!
   Brug Zettle til kreditkort i butikken, brug
   Stripe til kreditkort på nettet, brug Mobile-
   Pay, hvor du kan.
   Brug billy.dk til regnskab og fakturering, i
   stedet for et dyrt regnskabsprogram.
   Firmabil? Køb en gammel spand, eller en
   christianiacykel.
   Butikslokale ... Er der nogen du kan dele

med? Kan du bruge bryggerset?
De rigtige kunder bliver ikke imponeret af
din forretning, men af dine varer.

9. Sælg til de rigtige kunder. Lad være med
   at bruge tid på at overbevise dem, der ikke
   er interesserede.
   Du kan ikke sælge bacon til jøder, muslimer,
   fedtforskrækkede, veganere, vegetarer eller
   folk, der kommer lige fra en julefrokost. Men
   der findes en målgruppe. Find de rigtige
   kunder og brug tiden på dem.

Voksen og ansvarlig

I ét af vor tids største litterære værker siger Steen til Stoffer: "Sommetider tror jeg at de voksne bare lader som om de ved hvad de gør!"

Det er en uimodsigelig sandhed. Fra Emils mor ved forældremødet, til finansministeren ved pressekonferencen, og Kong Christian den 10. til hest i Kruså: Vi lader som om, vi ved, hvad vi gør.

I en nøddeskal gør vi tingene på en bestemt måde, af nedarvet vane, eller imens vi holder pokerfjæs og krydser fingre. Det er vældigt fint. Vores børn og kollegaer og forældre og partifæller er trygge ved at overlade ansvaret til os.

Spørgsmålet er, hvornår vi skal fortælle vores børn, at vi ikke aner, hvad vi laver ...

Det er jo synd, at de fylder 18, flytter hjemmefra, og bliver gravide, og hele tiden venter på, at det rammer dem, det dér 'voksen-noget',

hvor man pludseligt ved med sikkerhed, at man gør tingene rigtigt, og er sprængfyldt med selvtillid.

Jeg tænker, at ca. 14 år er en god alder. Dér begynder børnene at blive selvstændige, er ved at eksplodere af meninger om alt muligt, og mange af dem kritiserer deres lærere og forældre ved enhver given lejlighed. Dét er et godt tidspunkt at ryste dem lidt dér.

Teenager: "Kan man vaske den her sammen med dem her?"

Forældre: "Aner det ikke. Jeg prøver mig bare frem!"

Teenager: "Hvad sker der, hvis vi får en borgerlig regering?"

Forældre: "Hvor fuck sku' jeg vide det fra?"

Teenager: "Kan vi også tage til Spanien til sommer?"

Forældre: "God idé! Hvordan skal vi komme derned?"

Teenager: "Hvornår vidste du, hvad du ville være?"

Forældre: "Det ved jeg sgu da stadig ikke!"

Vi forventes at være forberedte, afklarede, velovervejede... Men man kan ikke være forberedt nok til at begynde i et nyt job, i et nyt forhold, flytte til en ny by, gå ud at drikke med en ny ven, uden at ryste lidt på hænderne. Ingen forberedelse eller overvejelse kan give den samme sikkerhed som rutine.

Og selv de ting, vi gør rutineret, vil være til grin, når nogen har fundet en meget bedre måde at gøre det på.

Prøv at google "life hacks". Indenfor det første minut vil du helt sikkert finde et smart trick til at gøre noget, du gør hver eneste dag, bare meget nemmere. Værsågod at føle dig dum.

Det kræver humor – især selvironi – at være voksen og ansvarlig. For vi kommer til kort. Hele tiden. Somme tider kan vi holde pokerfjæs, og satse på, at ingen så det. Andre gange må vi indrømme vores mangler, og grine ad os selv, for ikke at være til grin.

Juridisk står vi til ansvar for alle vores handlinger, fra vi fylder 18. Vi er derfor – per definition – ansvarlige. Nogle er så rædselsslagne, at de ligefrem er ansvarsbevidste. Men når vi er aller mest voksne og påtager os de største ansvar, er vi samtidig aller mest børn.

En veluddannet mand på 55 år, der underskriver slutsedlen på et hus til flere millioner, sidder inde i sit hoved og tænker "Kære Gud, lad det være det rigtige valg!"

Jo, han gør!

En pige på 35 år, der har drømt om at få børn hele livet, har fundet den helt rigtige mand, har indrettet børneværelset, og læst alle bøgerne, og nu ligger i hospitalssengen og kigger på sin nyfødte datter med en imponerende udstråling af 'det hellige moderskab', tænker i virkeligheden "Fuck?!?"

Gu' gør hun da så!

Sikken en masse ord for bare at sige dét du har brug for at høre: Du er ikke alene. Vi er allesammen pisse rædde – og helt vildt henrykte.

The older I get, the more i realize; there are no adults, and nobody knows what the fuck they are doing.

– Morgan Freeman (?)

Hverdag og ferie

Ferie bliver ofte beskrevet som en tiltrængt pause fra den barske og ubønhørligt rædselsfulde hverdag. Den skal eddermame nydes i fulde drag! Vi skal ha' så meget sol, så meget vin og god mad, rigtigt meget swimmingpool, og en masse spændende udflugter. Vi skal rigtigt ha' tid til at nyde hinanden!

Ferierne har en mærkelig tendens til at blive en skuffelse. Antallet af skilsmisser efter sommerferien er rystende højt, børnene synes, at en måned i Thailand er for længe væk fra vennerne, og forventningerne er simpelthen for høje til at virkeligheden kan levere varen.

Prøv at forestille dig et år – et helt år – uden ferie. Fri hver søndag og juleaftensdag. Resten af året skal du på arbejde, børnene skal i skole, der skal smøres madpakker og besvares emails.

Jeg prøver ikke at male fanden på væggen.

Jeg prøver at få dig til at tænke over, hvordan du kan skabe en tilværelse, som du ikke behøver – eller ikke har lyst til – at holde ferie fra.

De fleste af os har en tendens til at ville effektivisere hverdagen ved at skabe rutiner og orden. Både for at udnytte tiden optimalt, og for at skabe trygge rammer for børnene.

En måned, der er gået med hverdage, kan føles som en uge henimod slutningen; den forsvandt bare.

41

– og så skal ferierne bruges på at bryde rutinerne.

Hvordan adskiller en god ferie sig fra hverdagen? Dén uge, hvor I var i Spanien, sidste år, der føltes som en måned ...

Jo, I så næsten intet tv, I lavede noget forskelligt hver dag, I prøvede ny mad og nye oplevelser. I lærte nye ting om hinanden.

'Hverdagsferien' starter idag:

- Start med at bryde en vane hver dag: Gå i bad om aftenen istedet for om morgenen i dag, tag en anden vej til arbejde i morgen, prøv en ny slags aftensmad i overmorgen, osv.
- Sæt fjernsynet ud i garagen.
  – og lad det blive dér!
- Slæb madrasserne ind i stuen og sov dér en enkelt nat.
- Besøg et museum efter aftensmaden på onsdag.
- Lån nogle tilfældige bøger på biblioteket, og find en ny radiokanal.
- Lad børnene lave maden i en uge.
- Begynd at gå ture.
- Hent en brochure på det lokale turistbureau. Dit nærområde har mere at byde på, end du tror, hvis du er åben.

Hvis hverdagen skal være effektiv og rutine-
ret – og dermed kedelig – 335 dage om året,
og 30 dage, fordelt på tre ferier, skal være
én lang orgasme af oplevelser og variation,
og leve op til krampagtigt sammensparrede
forventninger, så bliver familien slidt op. Hvis
ugen på Samos drukner i regnvejr, så er jeres
liv meningsløst og deprimerende, indtil ski-
ferien i Østrig – hvor der er en risiko for at
Magnus brækker benet på en sort løjpe.

Hvis du bliver 85 år gammel, så har du ialt
29.200 dage at leve i. Hvor mange af dem skal
være begivenhedsløse?

Mad

I starten af det nye årtusinde var det porno, der fyldte internettet med vildledning og forstyrrede vrangforestillinger om verden. Men selv pornografien måtte vige pladsen ...

Nu er ernæring blevet et af de mest omfattende emner.

Interessen for mad, kure og spiseforstyrrelser er foruroligende stor. Nærmest grotesk.

Der bliver hver dag lagt så mange billeder af mad på Instagram og Facebook, at man slet ikke kan begribe det.

Endnu mere ubegribeligt er mængden af misinformation, vrøvl og overtro, der dominerer informationsstrømmen omkring mad og ernæring.

I år 1980 var det den almindelige opfattelse, at når vi rundede 5 milliarder mennesker på planeten, så ville der ikke være fødevarer nok til alle. Procentdelen af mennesker, der sultede, ville nærmest eksplodere. Troede man. Nu er vi (i år 2017) over 7,4 milliarder mennesker på jorden, og overvægt er et langt større problem end sult. De, der sulter, har ikke adgang til fødevarer. Men fødevarerne findes. Alene den mængde fødevarer, der destrueres hver dag, i Europa kunne snildt brødføde de sidste sultne – hvis altså logistikken kunne løses.

Også rent drikkevand er blevet en selvfølge for de fleste på jorden, selvom vi er blevet mange flere.

Det er jo gode nyheder. Find flere på verdensbedstenyheder.dk

De knapt så gode nyheder er hvordan mis-informationen kan blive legitim, bare ved at blive delt nok på de sociale medier.

Der sidder er halvfed, halvgammel, halvskaldet mand og siger noget i fjernsynet. Han har faktisk rimeligt godt forstand på hvad han siger. Han er professor i ernæring og fortæller om resultaterne af en meget lang række forsøg og undersøgelser. På baggrund af flere års tests, på flere tusinde forsøgspersoner, kan han med ret stor sikkerhed konkludere, at medmindre du er glutenallergiker, har gluten ingen indflydelse på dit helbred; heller ikke dit Body Mass Index.

Han bruger svære ord. Ja, faktisk er han halvkedelig.

Der står en power-trunte og siger noget andet på YouTube. Hun har været Miss Fitness, og har både en helt flad mave og en fantastisk røv. Hvem ville ikke gerne være som hende?

Hun siger, at man skal dyrke crossfit og lade være med at spise gluten. Ingen forklaring på hvorfor, og intet belæg for at sige det. Men hendes udgydelser bliver delt to millioner gange på de sociale medier. De bliver nærmest ophævet til religiøs status.

Min nevø er kok. Han har gæster, der peger på en oksefilet og spørger, om der er gluten i.

Sidste nye trend er, at maden – dvs. mælkeprodukter – skal være laktosefri. Der er nogle der er laktoseintolerante. Det er en særligt

ondartet form for allergi. De har en fest for
tiden, for mængden af laktosefrie produkter
er i eksplosiv vækst. Det er nemlig blevet en
trend imellem os andre, at det hele skal være
laktosefrit. Det skulle være sundere og mere
slankende, siger endnu en fitness ekspert.
Er der videnskabeligt belæg for det?
Tja, der er ikke lavet nok forskning på området
til at konkludere noget med sikkerhed. Så lad
os da bare hoppe med på bølgen.

   Mæh...

   Du skal skylle bøfferne så fedtet ryger af.
Du skal helst ikke spise kød. Du skal med på
proteinkuren og næsten kun leve af oksekød.
Du skal også ha' fisk; helst fed fisk.

   ???

   Det er måske på tide at zoome lidt ud fra
vrøvlet og ævlet, og se det hele fra et lidt
mere jordnært perspektiv: Om du tager på
eller taber dig afhænger alene af, om du ind-
tager flere kalorier end du forbrænder, eller
omvendt. Hvor kalorierne kommer fra er nær-
mest underordnet.

Om din krop er velfungerende eller ej afhænger af, om du får motion nok, og om din kost er passende varieret. Du skal ha' vand, jern, zink, sukker, salt og en lang række vitaminer, for at fungere optimalt. Den bedste måde at få det er at spise varieret. Mange slankekure tager udgangspunkt i at begrænse udvalget af mad. Det er ikke sundt. Så spis en masse forskelligt, spis også fedtkanten på okostegen og chokoladen til isen, og løb en lang tur bagefter.

Hvis du forbrænder flere kalorier end du indtager, så taber du vægt. Så enkelt er det.

I starten taber du dig ikke, hvis du spiser mindre. Din krop tror, at der er mangel på mad og gør hvad den kan for at holde på dine kilo. En smart funktion, hvis der skulle opstå kortvarig fødevaremangel.

Din krop gør en masse smarte ting for at opretholde dit liv. Lad være med at misbruge den, og lad være med at modarbejde den.

Og lad være med at hoppe med på enhver trend du falder over på internettet. Lad os se det i øjnene: Der er intet i vejen med maden på McDonalds. Hvis du spiser det hver dag, bliver du syg. Det bliver du også, hvis du spiser nepalesisk dal bhat hver dag. Og hvis al din mad skal være rawfood, laktosefri, glutenfri, fedtfattig, sukkerfri, fairtrade, high proteine, GMO-fri, produceret uden stråforkortere, statskontrolleret økologisk, tilpasset din blodtype og dit stjernetegn, vegansk, og dyrket i et land, der ikke har invaderet Irak ...

Jeg ville ønske, at jeg kunne sige noget lige så enkelt, der kunne hjælpe folk med spiseforstyrrelser. Men det kan jeg ikke. Deres sygdom er rædselsfuld, og potentielt dødelig. Den har intet med mad at gøre. At de spiser for meget eller for lidt, eller spiser for meget og kaster det op igen, og fokuserer helt manisk på mad, har intet med maden at gøre. Det er deres selvopfattelse, der har fået et alvorligt knæk et sted. Mange af dem kommer fra et hjem, hvor kropsfikseringen har været forskruet og sygelig, eller er blevet mobbet i skolen.

To ting står i hvert fald klart:

1. De kan ikke selv gøre for det.
2. Det kan ikke løses ved at tage en alvorlig snak om mad.

For de, der overspiser, er det oftere et misbrug, der til forveksling minder om alkoholisme, narkomani og ludomani.

Imens jeg skrev dette afsnit nød jeg en hjemmelavet flæskestegssandwich.

Venskab

Kynisk set er et venskab en forretningsaftale.

Varerne på hylden er tålmodighed, fortrolighed, børnepasning, flyttehjælp, biografture, middage, selvopofring ...

Forskellen på venskab og andre forretninger er, at så længe der er en rimelig balance, behøver tingene ikke at gå op 1:1.

Hvordan slutter et venskab?

Det gør det, når den ene part dør, flytter langt væk, eller der ikke længere er balance i forholdet. Hvis du ikke tilbyder varerne på hylden i et rimeligt mål, så har du afsluttet venskabet.

Hvad nu hvis det er den anden, der ikke tilbyder sig? Hvordan afslutter du så venskabet?

Det gør du ikke. Det var den anden, der afsluttede det. Men du kan måske blive tvunget til at få den anden til at forstå, at det er sådan det er. Måske efter en længere periode med tavshed. Måske hårdt presset. Men før eller siden bliver du nok nødt til at sige det, som det er: "Vi er ikke venner mere. Jeg kan jo ikke regne med dig."

Venner kan være kollegaer, klassekammerater, din partner, dine forældre, dine søskende, dine børn ...

Men det er ikke sikkert. Mange mennesker har søskende eller forældre, som ikke er deres venner. Det er helt normalt.

Derimod er det kritisk hvis din kæreste/ægtefælle ikke er din ven. Dette kan være checklisten, som du bruger til at overveje, om jeres forhold trænger til lidt ekstra opmærksomhed.

Hvorfor er der grund til at skrive et afsnit om venskab?

Fordi det ikke længere er indlysende. Fordi begrebet er blevet udvandet og forplumret.

Det er vigtigt at fastholde, at venner ikke er det samme som "venner" på Facebook.

Faktisk er en ven nok nærmere én, du ikke behøver være forbundet med på Facebook, fordi I har en forbindelse i den virkelige verden, der gør internet overflødigt.

Det er på tide, at vi husker på, at på dansk har vi også et ord der hedder "bekendte".

Brug det flittigt. Brug det kærligt. Brug det sammen med et varmt smil i øjet. Og brug så ordet "venner" med større omtanke.

Ensomhed

Ensomhed er ikke det samme som at være alene.

Man kan sagtens føle sig ensom, når man er sammen med andre mennesker, hvis man føler, at man ikke bliver hørt, set eller respekteret.

Mange har prøvet at sidde sammen med deres partner eller familie og føle sig ensom.

Karen Blixen sagde engang, at hun somme tider var nødt til at være alene, for ikke at blive ensom.

Og dét knalder hovedet på sømmet: Først skal du kunne være i selskab med dig selv. Vide hvad du egenligt har lyst til, bliver glad af, bekymret over, og hvad du i virkeligheden søger i andres selskab.

Derefter kan du være i selskab med andre og være tro mod dig selv, dine egne ønsker og lyster. Og på den måde kan du selektere de mennesker, der har samme interesser, samme glæder, samme sorger, og som forstår dig.

– hører dig, ser dig og respekterer dig.

Ud af velvalgte bekendskaber kommer nogle ægte venskaber. Måske den store kærlighed.

Hvis du er alene fordi du er flyttet til en ny by, eller et nyt land, så opsøg foreninger, der dyrker dine interesser, og vær ærlig: "Jeg er kommet for at blive bedre til fluebinding og for at få et netværk." Kun få mennesker kan ikke sætte sig ind i det.

Tillid

Tillid er farligt. Hvem tør du fortælle om den bamse, du taler til, når du er alene? Hvem tør du fortælle om din kriminelle fortid? Hvem tør du sende et nude selfie til?

Næsten alle har prøvet at have tillid til den forkerte. Det kan være en meget smertefuld og ydmygende oplevelse.

Men når man har tilliden, kan det være en fantastisk oplevelse at kunne fortælle uden at tænke først.

Men tillid er ikke bare tillid til den andens diskretion. Det kan også være tillid til de råd, du får. Tillid til den andens dømmekraft.

Her er det vigtigt at huske på, at god dømmekraft kun kan komme ét sted fra: Dårlig dømmekraft.

Kun folk, der har taget virkeligt dårlige beslutninger, kan have den erfaring, som fører til god dømmekraft.

Sjovt nok er der ingen, der har taget dårlige beslutninger på alle områder, som pludselig tager gode beslutninger, på alle områder. Så spørg ind til erfaringer på præcis det område, hvor du beder om råd.

Hvis nogen anbefaler dig at lyve; spørg, om de er blevet fanget i en løgn. Hvad skete der så? Hvordan kom de videre?

Kærlighed og parforhold

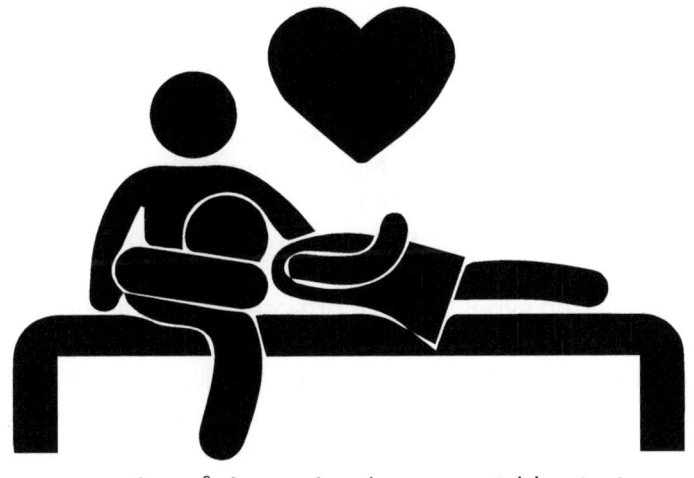

Nu tror du måske, at jeg har noget klogt at sige om parforhold, der kan redde dig ud af den kattepine, du sidder i lige nu. Bare rolig: Det kan jeg ikke. Hvis jeg kunne, ville du blive pisse sur over, at du ikke havde tænkt på det selv ...

Men jeg kan måske hjælpe dig med at sætte tingene i perspektiv. Så må du selv redde kastanjerne ud af ilden bagefter.

Hr. Flintstone har ikke spor lyst til at være alene. Det er kedeligt og meningsløst at leve et liv alene, uden vidner. Måske også lidt pointeløst, hvis han ikke formerer sig. Og så er hende Malene iøvrigt pisse lækker, og han har lyst til at dufte til hende, mærke på hende, og stikke sin pik op i hende.

Dét er ingredienserne i kærlighed. Ikke specielt romantisk, måske... Romantikken kommer, når han gør nogle nuttede ting for at tiltrække – og fastholde – hendes opmærksomhed.

Hr. Flintstone rev en gazelle fra hinanden med de bare næver, flåede leveren ud, og rakte den til Malene. Mega sødt. Malene gav de bedste bær til Hr. Flintstone. *suk*.

Et par millioner år senere har vi ikke ændret os stort.

Hr. Nielsen synes at Frk. Mortensen er et skår. Hun er lige sådan én han gerne vil dufte til, røre ved og parre sig med. Han vil gerne dele en villa med carport og et fladskærmsfjernsyn med hende. En ferie til Phuket til vinter. Han vil gerne have børn med hende. Så han køber ting til hende. Først et glas hvidvin, senere en ring, og så en Fiat Punto. Hun inviterer ham med i biografen til Fifty Shades of Grey.

De møder hinandens venner og familier, de får børn sammen, de bygger et hjem op, de bærer hinandens forældre til graven. Mere sammenfiltrede kan man ikke blive.

Dette her er godt. Det fungerer.

Men somme tider – alt for ofte – sker det, at alle fristelserne ude i verden er for store. Coke Zero reklamer for det sorgløse liv, kollegaen du bare taler så godt med, og som er så smuk,

livet er så kort, og du har ikke fået det hele med ... En dag ligger du, eller din partner, i sengen og tænker: "Jeg vil ikke mere".

Eller: "Jeg vil ha' mere!"

Der er blevet indgået for mange kompromisser, der er blevet fortiet for meget, der er blevet grinet og grillet for lidt.

Årene løber ud, som sandet i et timeglas.

Og med ét slutter kærligheden. Ofte bliver den til bittert had. Ingen bryder sig om at blive afvist.

I sjældne tilfælde slutter kærligheden med et udsagn. "Jeg vil ikke mere!"

Oftest slutter kærligheden før parforholdet, og der sker sære ting imellem de to datoer. Psykisk eller fysisk vold, utroskab, misbrug, bagtalelse ...

Dine venner vil fortælle dig, at det ikke var din skyld. Og du ved det godt: De tager fejl.

Det var din skyld.

Jeg siger det ikke fordi du skal skamme dig, eller bebrejde dig selv. Det har du sikkert selv fundet på i forvejen. Og du ved også, at det er formålsløst. Men du kan ikke lade være.

Fair nok.

Men prøv at bruge din selvbebrejdelse kon-struktivt. Sæt dig uden for dig selv og lad som om det er en klient, du taler til, som er i dén situation. Se nøgternt på situationen. Der er nogle værdifulde erfaringer, der kan bruges, her.

At gøre et parforhold til en succes er lige-som at gøre et arbejde til en succes: Du skal finde de sjove ting i opgaven, og så går det som en leg.

For det første: Hvis du vil ha' din kæreste til at respektere dig, så er forholdet allerede forbi. De ting vi gør for at få respekt er destruktive for et kompromisløst liv og forhold. Det er sådan set ligegyldigt, om du er en mand, der vil ha' respekt for din faglige dygtighed, eller en kvinde, der vil ha' respekt for dit politiske engagement, eller hvad pokker du er og vil ha' respekt for. Overlad respekten til dine kollega-er, pressen og familien.

Din partner skal ha' indsigt i din usikkerhed, dine fejl, din skrøbelighed, dine mangler, din barnlige glæde, din hemmelige lykkeamulet og din kriminelle fortid. Hvis du ikke er parat til at dele det hele, så lever I i hver jeres boble, og jeres forhold har en deadline.

Prøv om du kan få din kæreste til fuldstæn-digt at miste respekten for dig, og alligevel elske dig, på samme tid.

2

For det andet: Hvis du glemmer det helt elementære, så gør du det meget mere avanceret, end det kan holde til. Du har lyst til at dufte til hende, røre ved hende og parre dig med hende. Du har lyst til at have et vidne til dit liv. Du har lyst til at formere dig.

Sørg for at parforholdet er bygget på dét, og at dét får lov til at fylde mest i forholdet. Så kan terminerne, forældremøderne, vejfesterne, ferien til Phuket og jeres kollektive fremtræden på Facebook komme lidt ned ad prioriteringsstigen. Eller sagt med andre ord: Fuck dét!

3

For det tredie: Det er dit forhold, og dit ansvar. Du kan ikke bebrejde din kæreste, at han ikke tager initiativer nok, ikke er romantisk nok, ikke er opmærksom nok, og ikke kan tilfredsstille dig. Det er din suppe. Hvis du ikke bryder dig om den, så put noget andet i, rør mere i den, varm den mere.

Hvis du sørger for at gøre dét, der skal til, for at blive lykkelig, så skal han nok gøre det samme, med tiden, og så bliver I begge lykkelige. Men hvis I begge venter på den anden, bebrejder den anden, ofrer jer for hinanden ...
Jeg gider ikke at gøre den sætning færdig.

4

For det fjerde: Jeres forhold er totalt mærke-
ligt. Helt skævt! Lær at elske dét faktum. Elsk
det så meget, at du kan grine af de norma-
le – og ideelle – forhold, du ser på nettet og i
'fjerneren'.

Lad aldrig en ven, terapeut eller ekspert
fortælle dig, hvordan jeres forhold bør være.
"Venskabet er vigtigere end lidenskaben",
"børnene bør være i centrum" osv, osv, osv …
Ja. Måske. Hvis det passer i jeres forhold. Det
er jeres forhold. I er eksperterne.

Husk på at både Jennifer Lopez og Richard
Gere har nogle lorteforhold i virkeligheden.

5

For det femte: Kærlighed er ikke noget, du får.
Det er noget, du skaber.

6

For det sjette: Sørg for at din
kæreste også læser denne bog!

Det er vigtigt af tre grunde:
1. I har en fælles reference-
   ramme.
2. Du får mere sex.
3. Jeg tjener flere penge.

Sex

Hvis det føles godt for begge parter, så er det rigtigt.

Hvis I ikke kan grine, imens I har sex, så gør I det forkert.

Seksuelle fantasier

Måske har du nogle seksuelle fantasier, som bekymrer dig.

Gå ned på biblioteket og lån "Forbudne frugter" af Nancy Friday.

Når du har læst den, er du ikke bekymret for dine seksuelle fantasier mere. Slet ikke. Slet slet slet ikke.

Onani

Onani er sundt; både fysisk og psykisk.

Man kan ikke blive blind af at onanere, medmindre man bruger hjælpemidler, der kan stikke øjnene ud.

Pædofili

Pædofile er det mest rædselsfulde, der findes i denne verden. Hvad end det er en kriminel psykopat, der kidnapper og misbruger børn, eller et officielt sanktioneret ægteskab mellem en 40-årig mand og en 14-årig pige, i et land, hvor det er lovligt og almindeligt. Det er ikke i orden og bør bekæmpes med alle midler, uden hensyn til religion og kultur.

Der er voksne, der mistolker børns nysgerrighed og åbenhed, og forgriber sig på dem, og bagefter mistolker børnenes skam og loyalitet, og retfærdiggør pædofili.

Rystende mangel på selvindsigt og situationsfornemmelse

Men misbrug ikke begrebet i ligestillingens navn: En 16-årig liderlig dreng og hans pisselækre 29-årige matematiklærerinde er ikke automatisk pædofili. Det er bare møg uartigt.

Sådan undgår du sex

Der findes mange måder at undgå sex, når du helt har mistet interessen.

Disse er testede gentagne gange, og fungerer med garanti.

- Trådløs øresnegl. Nørder tiltrækker unge villige piger, fordi de ofte er IT-millionærer, eller er ved at blive det ... Men man KAN være nørd på den alt-alt for kiksede måde! En bluetooth øresnegl GARANTERER, at du ikke får sex!
- Hold op med at barbere dig skaldet, bare fordi du er tynd i toppen. Med hentehår kan du bevare håret på hovedet OG undgå sex.
- Strømper i sandaler. Behøver ingen forklaring.
- En vielsesring. Fremmede kvinder undgår dig fordi du er en andens mand. Din kone undgår dig fordi du er *hendes* mand.
- Scoretricks. Hvis kvinder viser dig interesse, skal du simpelthen besvare dem med en smart scorebemærkning, imens du stirrer ned i deres kavalergang. Så skrider de.
- Joggingbukser. Behøver ingen forklaring.
- Crocks. Behøver ingen forklaring.

Børn

Tag alle andre bøger om børneopdragelse
med ud i haven og brænd dem.

Børn skal have masser af opmærksomhed og
kærlighed. Masser. Men ikke på bekostning af
mors og fars forhold! Hvis du er bekymret for
om børnene hører jer i soveværelset, så tænk
på at de snart bliver skilsmissebørn.

Giv dine børn den største gave i livet: En
opdragelse, der gør, at andre kan holde dem ud.

Lær dine børn, at de kun har krav på tre ting:
Kærlighed, skattevæsenet og døden.
Alt andet er ekstraordinære privilegier, som de
skal sætte stor pris på og aldrig tage for givet.

5

Du har skænket dine børn livet. Og dermed deres evne til at træffe beslutninger, som du er uenig i.
Sæt dem på plads, imens du kan, og støt dem, når du ikke kan sætte dem på plads mere.

6

Nogle mennesker kan være totalt blinde for, at deres børn laver ulykker og kriminelle handlinger. De tror simpelthen ikke på, at deres børn kunne finde på den slags. Man kender jo sine egne børn. Det er i hvert fald ikke dine. Helt sikkert ikke. Ingen tvivl om dét ...

7

Lad være med at tage dine børn med på café fra de er 0 til de er 7 år gamle.

8

Antallet af børn, der døde i en voldsom eksplosion, imens blodet spøjtede i alle retninger, dengang vi ikke havde kildevand på flaske, cykelhjelme, laktosefri skolemælk, sikkerhedsseler på bagsædet og hysterisk røgfrie hjem, er relativt begrænset.
Så gider du godt lige at hidse dig lidt ned?

9

Dine børn er den foreløbige kulmination af syv milliarder års succesfuld udvikling.
Andre menneskers børn er bare røvirriterende.
Denne naturlov kan ikke ændres.

10

Dine børn er et resultat af uforsigtighed.
Det er du også. Og 98% af verdens befolkning.
Dét pæneste man kan sige om de fleste af os er nok "pyt".

Værdien er konstant

Forestil dig at du er i en swimmingpool.

Kun når du er under vandet, har du mulighed for at svømme opad. Når du svømmer i overfladen kan du ikke komme højere op.

Det er i grove træk sådan, inflation fungerer.

Når du mangler tøj, køkkengrej eller andet nødvendigt, kan dit hjem blive mere værd, ved at skaffe de manglende ting.

Men når du har alt nødvendigt, bliver hjemmet ikke mere værd.

Lad mig tage et enkelt eksempel: Du har ti trøjer derhjemme. Du behøver altså ikke flere trøjer. Når du køber en ny, tror du måske, at nu har du forhøjet den samlede værdi af trøjer. Men det har du ikke. Den nyeste er blevet reduceret til den næst-nyeste, og der er én af dine trøjer, du helt holder op med at bruge. Den er dermed blevet værdiløs. Værdien af trøjer er altså konstant.

Det samme gælder for hele samfundet. Når vi bygger nye huse, reducerer vi værdien af de ringere huse tilsvarende. Den totale hus-værdi er konstant.

Eller med helt store penselstrøg: Hvis vi trykker flere penge, bliver pengene mindre værd!

Fra Nationalbanken til dit klædeskab gælder samme regel. Pyramiden kan kun få den størrelse, der dækker efterspørgslen. Derefter bliver pyramiden trykket ned i sandet, efterhånden som vi bygger ovenpå.

Så når man taler om vækst i samfundet, er det altså helt indlysende bullshit (læs afsnittet om bullshit), eftersom vi lever i et samfund, hvor efterspørgslen bliver mødt af udbud. Der er ikke reelt behov for flere tøjbutikker, super-

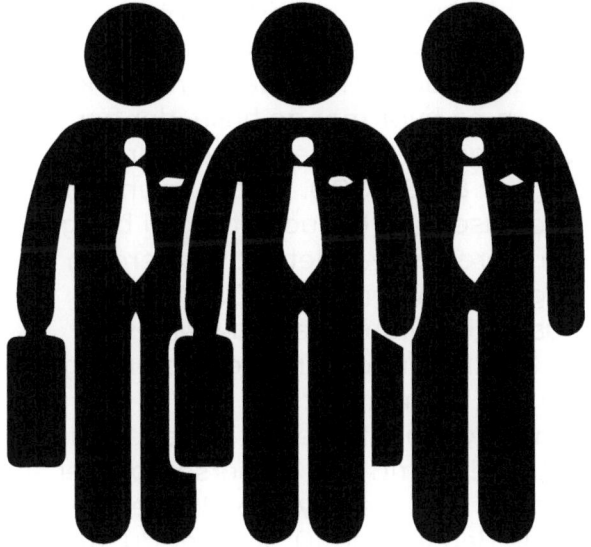

markeder, iPhone reparatører, frisører ...

Værdisætningen af alt, der kan forhandles om, er subjektiv. At bygge et hus i Hornsyld koster det samme som at bygge et hus på Strandvejen. Det første kan efterfølgende sælges for en million kroner. Det andet for ti millioner. Jeg skal med glæde købe huset til ti millioner, selvom det i rå materialer ikke er mere end højst en million værd, hvis bare jeg ved med sikkerhed, at den næste køber er villig til at betale 11 millioner kroner.

Men nu sker der det, efter jeg har købt det, at Hells Angels flytter ind i nabohuset. Mit hus til ti millioner kan pludseligt højst sælges til 750.000 kroner – mindre end det reelt er værd i matrialer.

Disse subjektive prissætninger bliver i højeste grad også påvirket af inflationen. Hvad er værdien af havudsigt? Ja, det kommer kraftedenme an på hvor mange huse, der har havudsigt. Findes der ti huse, er merværdien af havudsigt fx 8.000.000. Så det er en fed idé at bygge huse med havudsigt, og vi bygger 90 huse mere ved vandet. Nu er værdien af havudsigten reduceret til 800.000.

Mit hus til ti millioner kan nu sælges for 2.800.000 kroner, fordi nogle idioter byggede 90 huse ved siden af mit.

Du kan bruge inflationen til at genere dine bekendte voldsomt. Når en person blærer sig med at have købt den nyeste iPhone, lad os bare kalde den iPhone 10, så siger du, med et skuldertræk: "Jeg venter til 11'eren kommer."

Måske er 11'eren ikke lige på trapperne, og ikke specielt fantastisk meget bedre, men din bekendte kan nu ikke slippe tanken om, at snart er hans nye mobil kun den næst-nyeste, og den subjektive værdi er allerede forringet betydeligt. Han kan ikke slippe tanken, på præcis samme måde, som en jury ikke kan slippe den udtalelse, som der blev protesteret imod, og som de blev beordret at se bort fra.

Aktieanalytikere er folk, der er ansat til at sortere i de rygter, som kan få aktier til at styrtdykke eller hoppe højt i værdi. Men ofte forgæves: Et rygte kan være nok til, at et firmas værdi forandres alvorligt.

Der er altid en større rovfisk. Hvis du køber en Porche, får du nye naboer, der har en Lamborghini. Køber du så en Ferrari, får du nye naboer der kører christianiacykel, fordi det er det nyeste statussymbol at have tid og sjov. Du kan ikke vinde. Så køb du dig en Fiat Punto. Og driller din nabo, med Rolls Royce, dig med den, skal du blot trække på skulderen og sige "jeg venter på 11'eren."

Sådan forbedrer du din livskvalitet

1

Find en beholder, en masse små stykker papir og en kuglepen.

2

Skriv ned, hver aften, tre ting som har gjort dig glad eller fået dig til at grine, i løbet af dagen

3

Læg sedlen ned i glasset

Øvelsen lærer dig at fokusere mere positivt.
   Det er dog vigtigt at du fortsætter, hver dag, resten af livet.
   Nej, jeg laver *ikke* en fucking app til dig. Du skal skrive i hånden; analogt ...
   Når du er deprimeret, kan du tage nogle sedler op og læse.

Politik

Overordnede politiske ideologier handler om grader af redistribution.

Redistribution betyder at privatpersoner og firmaer betaler en større eller mindre del af deres indtægt til staten/fællesskabet, og disse midler distribueres derefter til samfundet/folket efter et mere eller mindre avanceret system, baseret på behov.

Statens/fællesskabets indtægter kan bestå af ejerskab af landbrug/produktion, og/eller af skatter og afgifter.

Udgifterne kan dække offentlige bygninger og veje, sundhedsvæsen, offentlig service (fx biblioteker), skolevæsen, fattighjælp og meget andet.

Kommunisme

Kommunister går ind for at staten ejer al jord og produktion, og at alle således arbejder for fællesskabet. Alle får éns løn, uanset arbejdsbyrde, ansvar etc.

Kommunisme kan ikke fungere som et kompromis med andre ideologier, hvorfor kommunister støtter et étpartisystem, hvor evt. demokratiske beslutninger drøftes og vedtages internt i partiet.

75

Fjender af partiet, der enten hylder samfunds-
formen før den kommunistiske revolution (så-
kaldt kontra-revolutionære) eller en revision af
staten/styret (såkaldte revisionister) idømmes
genopdragelse (officielt).

Socialisme
Et andet ord for kommunisme. Bruges ofte om
en 'blødere' udgave af kommunismen, dvs. en
høj grad af redistribution, imens en vis privat
ejendomsret accepteres.

Kapitalisme
Kapitalisme findes ikke. Kapitalisme er et
skældsord som venstreorienterede bruger om
liberalister (s.d.)

Liberalisme
Liberal betyder "fri", og liberale hylder indi-
videts ret til selv at skabe sit liv med minimal
indblanding fra staten. Dette betyder en me-
get lav grad af redistribution (idéelt ingen).

Konservatisme
Af ordet "konservere"; "bevare". Konservatisme
handler om at bevare samfundets normer og
værdier.

Nationalisme
At forsvare nationen imod det fremmede:
Nabolande, indvandring og/eller suverenitets-
afgivelse.

National-socialisme

En høj grad af redistribution, men strengt forbeholdt nationen selv.

National-socialisme rubriceres ofte fejlagtigt som ekstremt højreorienteret, på grund af sin lighed med konservatisme i forhold til indvandrere/etniske minoriteter. På redistributionsgraden har de ofte mere til fælles med socialistiske partier. Bemærk fx Dansk Folkepartis forhold til hhv. blå og rød blok i enkeltsager.

Direkte demokrati

Alle borgere har ret til at deltage i afstemning om alle politiske vedtagelser.

Med NemID og internetadgang er dette nu teknisk muligt, men stiller meget store krav til borgernes engagement og indsigt.

Repræsentativt demokrati

Alle borgere har ret til at stille op til valget som repræsentanter, og alle borgere har ret til at stemme på deres foretrukne repræsentant, som træffer beslutninger og stemmer i parlamentet, folketinget, byrådet m.v. på deres vælgeres vegne.

Ulempen ved dette system er repræsentanternes ønske om at tiltrække stemmer. Deraf populisme ...

Socialistisk demokrati

Alle medlemmer af partiet har ret til at stille op til valget, som repræsentanter, og alle borgere har ret til at stemme på deres foretrukne repræsentant, som træffer beslutninger, og stemmer i partiet på deres vælgeres vegne.

Ulempen ved dette system, er at der kun findes ét parti, hvilket afgrænser mulighederne for forandring.

Teknokrati

Landet styres af eksperter.

Fordelen ved denne styreform er, at beslutninger træffes på et sagligt og objektivt grundlag, ikke på baggrund af holdninger og populisme.

Ulemperne er indlysende ...

Monarki

Kongen/Dronningen ejer landet og borgerne, og tager alle beslutninger egenrådigt. I visse tilfælde assisteret af et gehejmeråd, bestående af gejstlige/adelige/eksperter.

Konstitutionelt monarki

En blanding af monarki og repræsentativt demokrati, hvor monarken har en smule (Thailand) eller absolut ingen (Danmark) indflydelse.

I forhold til udlandet, og/eller en fraktioneret befolkning, kan det være en fordel at have et statsoverhoved, der ikke er syltet ind i politik.

Teokrati

Landet styres af Gud, igennem hans udvalgte repræsentanter. Også kaldet præstestyre. Tidligere fandtes monarkier, hvor monarken blev anset for at være udvalgt af gud eller i familie med gud.

Historisk set ...

Der er ingen grund til at remse alle fiaskoerne op...

Historisk set har de riger, der har klaret sig bedst, været præget af en relativt høj grad at redistribution.

Det har forebygget revolutioner og borgerkrige og styrket landet i forhold til at komme sig efter naturkatastrofer.

For lav redistribution har gjort samfundet meget sårbart, og for høj redistribution har reduceret borgernes medindflydelse og initiativ.

Manualen til livet

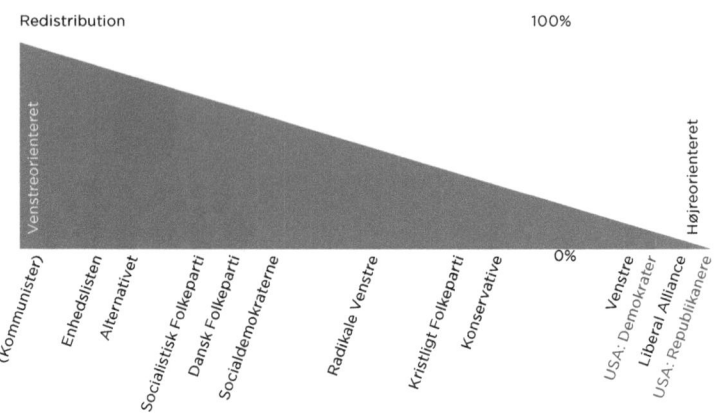

Redistribution   100%

Venstreorienteret — Højreorienteret

0%

(Kommunister) · Enhedslisten · Alternativet · Socialistisk Folkeparti · Dansk Folkeparti · Socialdemokraterne · Radikale Venstre · Kristligt Folkeparti · Konservative · Venstre · USA: Demokrater · Liberal Alliance · USA: Republikanere

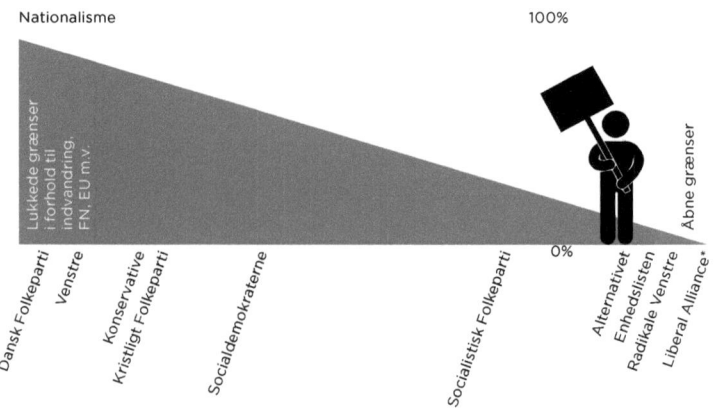

Nationalisme   100%

Lukkede grænser i forhold til indvandring, FN, EU m.v. — Åbne grænser

0%

Dansk Folkeparti · Venstre · Konservative · Kristligt Folkeparti · Socialdemokraterne · Socialistisk Folkeparti · Alternativet · Enhedslisten · Radikale Venstre · Liberal Alliance*

* Liberal Alliance ønsker fri indrejse for enhver, der måtte ønske at bosætte sig i Danmark, men vil ikke tilbyde økonomisk hjælp: *"Derfor skal man som indvandrer betale for sig selv i de første år uden adgang til sociale ydelser eller offentligt betalt sygehjælp"* (fra partiets hjemmeside)

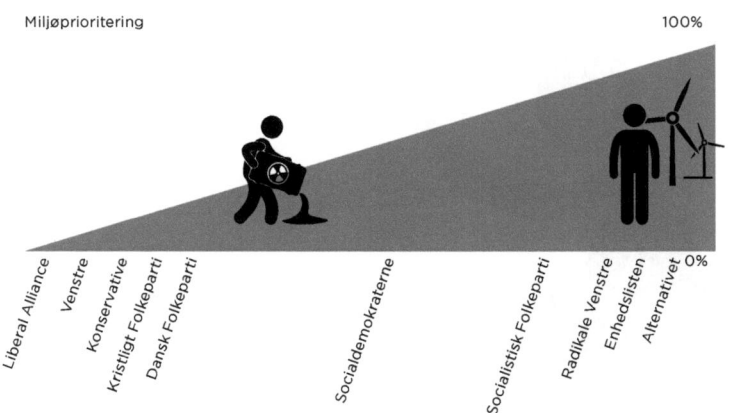

Miljøprioritering

100%

0%

Liberal Alliance

Venstre

Konservative

Kristligt Folkeparti

Dansk Folkeparti

Socialdemokraterne

Socialistisk Folkeparti

Radikale Venstre

Enhedslisten

Alternativet

Religion

Religion er angst sat i system.

Man ved ikke hvordan religion er opstået.
Nogle arkæologer tolker de tidlige hulemale-
rier som religiøse, men reelt kan der være tale
om selfies, eller reklame for en nyeligt nedlagt
okse. Vi var der ikke, og de har ikke skrevet
hvorfor de tegnede dem, så vi ved det ikke.
Punktum.

Det samme gælder primitive figurer af en
frodig kvinde. Det MÅ da være en frugtbar-
hedsgudinde! Ja... Eller porno?!

Det vil være rimeligt at gætte(!) at de første
religioner var diffus dyrkelse af ting, der gjorde
folk bange, og ting, som gjorde dem glade. Lyn
og torden, solen, månen, et stort træ, en flod,
osv. Vi ved, at de første religioner var animi-
stiske (naturdyrkelse) og polyteistiske (fler-
guderi).

Monoteismen (troen på én gud) er opfundet
i mellemøsten, hvor og hvornår præcis vides
ikke, men den ægyptiske farao Akhnaton pro-
moverede denne praksis i ca. 1550 fvt.

De største monoteistiske religioner, jøde-
dommen, kristendommen og islam, tilsammen
kaldet de abrahamiske religioner, har, så vidt
vides, deres fælles udspring fra ægypten om-
kring denne tid. Tilfældigt? I think not.

I asien er udviklingen gået en anden vej:
Nogle religioner har fastholdt polyteismen,
imens andre religioner mere eller mindre har

udfaset guderne til ikke at have den store be-
tydning, i forhold til den personlige udvikling:
Buddhismen, taoismen, m.fl.

Animisme, shamanisme

Troen på, at ting i naturen er guder eller be-
sjælede. Tilbedelse af kaniner, bjørne, stjerner,
floder, solen, månen, træer, Apple-produkter ...
   I animismen er det almindeligt at tro, at
særligt udvalgte mennesker har kontakt med
guderne; såkaldte shamaner. Ofte er der dog
tale om fysisk eller psykisk syge mennesker.

Polyteisme

Troen på flere guder.

Monoteisme

Troen på én gud.

Åndetro

Troen på ånder/spøgelser og gespenster.

Forfædredyrkelse

Troen på spøgelser af afdøde familiemedlem-
mer.

Ateisme/Agnostikere

Ikke-tro. Eller tro, men uden religiøs tilknyt-
ning.

Abrahamiske religioner

De abrahamiske religioner er opkaldt efter den profet i jødedommen, der også er åndeligt stamfader til de andre religioner, der udspringer af jødedommen: Kristendommen og islam.

Mission

Det sygelige behov for at omvende andre til sin egen religion.

Ofte brugt som en undskyldning for at plyndre, voldtage og myrde tilhængere af andre religioner.

Jødedommen ✡

Jødedommen, eller judaismen, er speciel af flere årsager:

For det første er det den oprindelige abrahamiske religion, for det andet er det den ældste – stadigt eksisterende – monoteistiske religion, for det tredie er det ikke en missionerende religion; man skal være født som jøde. Det er altså – for det fjerde – ikke bare en sekt, men også en etnisk gruppe. For det femte er det den religiøse/etniske gruppe, som der er blevet gjort det mest systematiske forsøg på at udrydde, kulminerende i de tyske KZ-lejre og i Sovjetunionen.

I jødedommen tror man på én gud, og at de tolv jødiske stammer er guds udvalgte folk.

Kristendommen ✝

Opkaldt efter Jesus Kristus, der gjorde oprør imod jødedommens doktriner på mange områder, og istedet satte hensigten. Opfordrede til mission og tog dermed afstand fra idéen om guds udvalgte folk. Ifølge visse skrifter påstod han at være guds søn.

Der er skrevet ca. 40 mere eller mindre forskellige historier om Jesus (såkaldte evangelier), hvoraf 4 kom med i Det Nye Testamente. De øvrige evangelier kaldes apokryfe.

Kristne deler den opfattelse, at Jesus er deres frelser, og at de kan opnå frelse gennem Jesus, når de dør. Dette kræver, at man lever, tænker og handler med den bedste hensigt og angrer sine fejltrin.

Kristne har også nogle fælles ritualer, bla. gudstjeneste, dåb, nadver og begravelse.

Men derudover er kristne splittet i talløse mindre sekter: Katolikker, protestanter, kvækere, koptiske, ortodokse, jehovas venner, mormoner, pinsemission, påskemission, indremission, ydremission, anglikanske, amish, rastafarianisme, lutheraner og mange mange flere...

Islam ☪

Islam er grundlagt af Muhammed ibn Abdallah, som levede i Arabien i 600-tallet, og var stærkt påvirket af kristne missionærer. I islam opfattes Jesus som en profet på lige fod med

Abraham (Ibrahim), og andre figurer fra jødedommen og kristendommen. Derfor kan islam reelt opfattes som en kristen sekt.

Islams hellige bog – Koranen – beskriver bla. de Fem Søjler; leveregler:

Trosbekendelsen (Der er kun én gud, Muhammed er hans profet, osv.)

Bøn. Man skal bede fem gange om dagen, imens man vender sig mod Mekka (et kompas er handy!)

Almisse. Man skal give noget til nogen, der er ringere stillet end én selv.

Faste (Ramadan). Én måned om året må muslimer ikke spise, drikke, ryge eller dyrke sex imellem solopgang og solnedgang.

Pilgrimsrejse (Hajj). Én gang i sit liv skal muslimer rejse til Mekka og udføre en række ritualer.

Muslimer må desuden ikke drikke alkohol, spise svinekød, eller dyr, der ikke er slagtet efter nogle særlige regler (halal).

Islam er også delt i mindre sekter. De vigtigste er Shia, Sunni og Ahmadiyya.

Buddhismen ❀

Buddhismen er grundlagt af prins Siddhartha Gauthama, også kaldet Buddha (den oplyste), omkring år 500 fvt.

Buddhismen er ikke en religion, der lægger vægt på gudsdyrkelse, men på personlig erkendelse.

Målet for buddhister er at slippe alt begær, som er årsag til al lidelse.

Buddhismen er delt i den ortodokse buddhisme (Theravada/Hinayana/den sydlige retning/det lille hjul), og den reformerte buddhisme (Mahayana/den nordlige retning/det store hjul).

Desuden findes en lille gruppe i Tibet, Nepal og Bhutan, der tilhører Vajrayana, også kaldet lamaismen, som er buddhismen blandet med den oprindelige tibetanske bón-religion. De tror på genfødte lærere – lamaer – bla. Dalai Lama.

Hinduismen ॐ

Hinduismen er ikke en religion i klassisk forstand, men en samling af mange lokale polyteistiske religioner i Indien, dog med visse fællestræk; bla. de tre-fire-fem vigtigste hovedguder.

Tilsammen kan hele det hinduistiske pantheon tælle mange tusinde guder.

Til hinduismens fordel skal det siges, at deres guder er federe end alle de andres: En blå dreng, en dreng med elefanthoved, én med rigtigt mange arme, nogle med flere hoveder, osv.

Taoismen ☯

Taoismen er en kinesisk religion, hvis vigtigste formål er at lære folk at leve i harmoni med sig selv, sin krop, naturen, forfædrene, osv.

Fordele ved religioner

- Troen på et liv efter døden – trøst.
- Medlem af et fællesskab.
- Troen på, at der er nogle, der er mere voksne end én selv, der holder styr på tingene.
- Troen på en større retfærdighed.
- En let forklaring på svært begribelige ting.

Ulemper ved religion

Religioner bliver af nogle meget syge mennesker brugt som en anledning til at gøre nogle meget syge ting:

- Omskæring af drenges penis-forhud. Forhuden indeholder nerver, som bidrager til den seksuelle nydelse.
- Omskæring af pigers klitoris. Klitoris er meget vigtig for kvinders seksuelle nydelse.
- Sammensyning af pigers skamlæber. Smertefuldt, og forhindrer kroppens egen renselsesproces, bla. i forbindelse med menstruationen, som bliver delvist obstrueret.
- Kaster. Inddeling af mennesker i grupper, som definerer deres værdi som mennesker. Inddelingen er arvelig, altså fødselsbetinget.
- Vold og mord imod andre religiøse grupper.
- Vold og mord imod homoseksuelle.
- Vold og mord imod abortklinikker.
- Vold og mord imod prostituerede.

- Vold og mord imod naturvidenskabsfolk.
- Vold og mord imod andre etniske grupper.
- Undertrykkelse af bestemte kulturelle udtryksformer, fx bestemte typer musik eller påklædning.
- Religiøst funderet lovgivning, fx imod visse former for sex, eller imod kvinders ret til at få en uddannelse eller at køre bil.
- Undertrykkelse af naturvidenskaben.
- Religion er desuden med til at gøre mange mennesker handlingslammede og uansvarlige, da de mener at ansvar og initiativ skal komme "fra oven".
- Det største problem ved religion er dog den fordummende effekt, det har, at selv voksne mennesker tror på påskeharen, tandfeen, Gud, julemanden, spøgelser, det flyvende spaghettimonster, eller hvad det nu måtte være ...

Religion

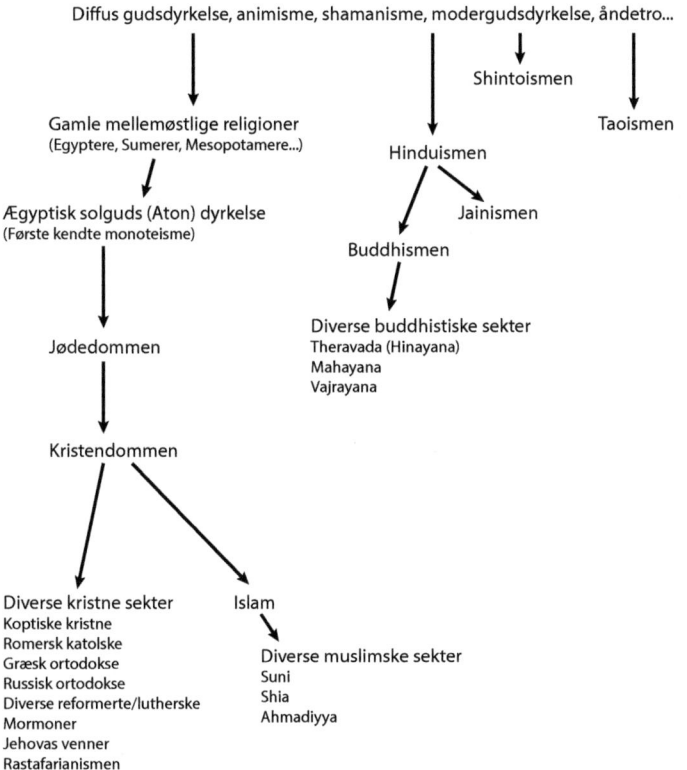

Diffus gudsdyrkelse, animisme, shamanisme, modergudsdyrkelse, åndetro...

Shintoismen

Gamle mellemøstlige religioner
(Egyptere, Sumerer, Mesopotamere...)

Taoismen

Hinduismen

Ægyptisk solguds (Aton) dyrkelse
(Første kendte monoteisme)

Jainismen

Buddhismen

Jødedommen

Diverse buddhistiske sekter
Theravada (Hinayana)
Mahayana
Vajrayana

Kristendommen

Diverse kristne sekter
Koptiske kristne
Romersk katolske
Græsk ortodokse
Russisk ortodokse
Diverse reformerte/lutherske
Mormoner
Jehovas venner
Rastafarianismen
Voodoo
m.fl.

Islam

Diverse muslimske sekter
Suni
Shia
Ahmadiyya

Sådan starter du din egen religiøse sekt

Overbevis en række mennesker om, at du er i kontakt med Gud. Du kan fx benytte illusionstricks. Dine tricks skal helst være lidt mere 'episke' end at finde ruder konge eller hive en kanin op af en hat ...

Det er lettest hvis du finder en gruppe mennesker, der har desperat behov for hjælp og tryghed, fx narkomaner, bortløbne børn eller voldsramte kvinder.

Lov dem, at hvis de følger dig, slipper de for deres største angst. Det kan være udslukkelse i døden, EU, ensomhed, seksuelt overførte sygdomme m.v.

Isolér gruppen et sted, hvor du har absolut kontrol over informationstilgangen.

Afhold gruppen fra kontakt med omverdenen, og fra handlinger, der skader gruppens struktur og sammenhold. "Synd" – altså en forbrydelse imod Gud og hans profet (dig) er et killer-argument. "Gud har sagt, at I ikke må bruge mobiltelefoner. De er syndige!"

Sørg for at have kontrol over de mest basale behov: Mad og sex. Optimalt ved at opsætte regler, der adskiller gruppen fra det omgivne samfunds normer. De må fx ikke spise ting,

der er røde, al mad skal tilberedes i fælles-
skab, alle fødevarer skal velsignes af dig, og
du bestemmer hvem, der må have sex med
hvem, efter et uigennemskueligt system;
kvinden skal være halvdelen af mandens alder,
plus fire år, og for hvert femte år manden har
været i sekten, må han tage en ekstra hustru –
eller hvad du nu synes ...

Indfør ritualer, der er unikke for din sekt.
Velsignelse af nyfødte og af ægteskaber er
nok et must, og et overgangsritual for teen-
agere er nok også smart. Ritualer i forbindelse
med død er også vigtige. Aller vigtigst er nok
en fed fest for nye medlemmer, så de føler sig
inkluderet. Men gør dine ritualer unikke! Det
vil være overlegent med tamme tigre, men at
døbe dine medlemmer i en selvlysende væske
kan også virke.

Hold på dine medlemmer med trusler om
evig fortabelse, hvis de forlader sekten. Mind
dem om den omgivende verdens rædsler:
Vold, tyveri, misbrug, utugt, utryghed, utro-
skab, sygdomme, åndelig fattigdom, ensom-
hed, kompleksitet, uoverskuelighed ...

Sørg for at sekten oparbejder nogle økono-
miske reserver, som gør jer ukuelige, når re-
sten af verden har lavkonjuktur. Det vil cemen-
tere din overlegenhed og kontrol. Sørg for at
have uanfægtet kontrol over reserverne.

Du skal selvfølgeligt selv ha' noget ud af det: Sex, penge, god mad og generel særbehandling. Men sørg for, at det ikke er for åbenlyst. Sektmedlemmer har lettere ved at respektere en (tilsyneladende) asketisk og ydmyg profet.

Ondskab

Ondskab findes ikke, hverken som ideologi eller hensigt.

Dét, der opleves som ondskab, af ofrene, vil altid være et resultat af egoisme, næstekærlighed til egen familie (på andres bekostning), hævntørst/behov for retfærdighed, angst eller mental forstyrrelse.

Ofte er det en blanding af flere af de ovenstående, som i tilfældene Anders Berring Breivik, Pol Pot og Adolf Hitler.

Sådan får du et ondt barn

1. Sørg for at dit barn lider overlast, gerne ved at bruge vold, og samtidig lider afsavn: Ingen kærtegn og opmærksomhed.
2. Gør barnet opmærksom på svagere mennesker, som bærer skylden for alt dårligt: Handicappede, indvandrere, homoseksuelle og andre marginaliserede typer.
3. Lær barnet at frygt skaber respekt. Fortæl gerne succeshistorier om, hvordan du har underkuet folk, du ikke brød dig om.
4. Lær barnet, at hensyn og fairness er de svages tåbelige argument.

Konspirationer

Konspirationer er hemmelige aftaler, som tjener til at nå et mål, imens resten af verden bliver vildledt.

De mest udbredte konspirationsteorier er at mordet på John F. Kennedy blev bestilt af CIA og/eller mafiaen, at Elvis Presley levede længe efter sin påståede død (måske lever endnu), at det i virkeligheden var amerikanske myndigheder, der stod bag angrebet på World Trade Center i New York 11. september 2001, og at månelandingerne aldrig har fundet sted. Der spekuleres også over, om området "Area 51" skjuler en styrtet UFO, og at sortklædte mænd render rundt og sletter spor efter UFO-aktivitet forskellige steder i USA.

En særlig konspirationsteori, der er værd at nævne, er at NSA (National Security Agency i USA) optager alle telefonsamtaler, sms og emails, og screener dem for indhold, der kan være interessant eller en risiko. Denne konspirationsteori er interessant, fordi Edward Snowden i 2013 smuglede filer ud af NSA, der beviser, at den er sand.

Ikke kun de amerikanske efterretningstjenester har givet grobund for eksotiske teorier. Frimurerordener, hvis medlemmer typisk er succesfulde erhvervsledere, og som holder møder uden offentlig adgang, har pirret manges fantasi. At deres logo findes på dollarsedler giver kun fantasien mere nærring.

Men den mest interessante er måske tempel-
ridderne. Det var en international sammen-
slutning af korsriddere, der opholdt sig længe
i Jerusalem, pludseligt forlod byen og straks
opnåede stor indflydelse i både den katolske
kirke og mange europæiske kongehuse. Indtil
fredag den 13. oktober 1307, hvor den fran-
ske konge og Paven i fællesskab stod bag et
fantastisk velorkestreret koordineret angreb
på samtlige tempelriddere, på mange forskelli-
ge adresser, spredt ud over Europa. Det pirrer
fantasien: Hvad fandt de i Jerusalem, hvilken
klemme havde de på kirken og de kongelige,
og hvorfor skulle de dø?

De mest hårdnakkede konspirationsteore-
tikere bærer en hjemmelavet hat af sølvpapir,
for at ingen skal læse deres tanker ved hjælp
af en hemmelig teknologi.

Personligt tror jeg, at konspirationsteorier
bliver skabt for at fremme salget af sølvpapir.

Bullshit!

Bullshit er ikke det samme som løgn.

Løgn er, når nogen helt bevidst fortæller en usandhed, med det formål at vildlede.

Bullshit er mere subtilt. Bullshit er, når nogen fordrejer sandheden, udelukker vigtige detaljer, overdriver eller underdriver, eller på andre måder tilpasser sandheden, en smule, så den passer bedre til et bestemt formål.

Tre hurtige eksempler:

"Jeg er nødt til at sygemelde mig de næste tre dage, da jeg skal til en række undersøgelser." (Sandheden: Du skal aflevere en blodprøve og en urinprøve hos lægen imorgen og tager fri de næste to dage for at være lidt go' ved dig selv.)

"Vi har datet lidt, men aldrig noget alvorligt." (Sandheden: I var sammen næsten hver dag i et halvt år, hvor du troede, at det var dit livs kærlighed, men efterfølgende kunne du godt se, at det ikke var holdbart.)

"Jeg støtter jer skam allerede!" (Sandheden: At 'synes godt om' UNICEF på Facebook er ikke samme som at støtte dem.)

Vi bullshitter hele tiden. Ikke fordi vi vil vildlede eller nægte nogen sandheden, men fordi hele sandheden somme tider kræver en meget lang forklaring, eller fordi sandheden, objektivt fortalt, ikke formidler vores personlige oplevelse.

"Jeg var nummer 65 i køen." (Nej, du var nummer 16, men det føltes værre.)

Somme tider bullshitter vi vores forældre eller børn, for at skåne dem for ubehagelige detaljer. Somme tider for at få den del af æren, som vi synes, at vi fortjener, andre gange for at tage os selv ud af fortællingen – det kan der være flere grunde til at gøre.

I de fleste tilfælde kan man ikke beskylde folk, der bullshitter, for mere end at være subjektive.

Når flere mennesker aftaler at bullshitte – formelt eller i tavs gensidig forståelse – begynder det at blive mere bekymrende. Fx når en organisation eller et medie redaktionelt beslutter kun at viderebringe de historier, eller de dele af en undersøgelse, som understøtter deres politiske mål.

Den Korte Avis er et glimrende eksempel:

De lyver ikke, de citerer kendte medier som Reuters, Politiken og Berlingske Tidende, de kommenterer stort set ikke. De udvælger blot de historier, som passer i deres kram. Resulatet er, at det indtryk man sidder tilbage med, når man har læst avisen, er, at indvandrere er et langt større problem, end de reelt er.

Som den lille dreng i historien om Kejserens nye klæder var der pludseligt en mand, der spurgte nogle virksomheder på Facebook, hvorfor de annoncerer i et "tydeligt racistisk medie".

Det vidste virksomhederne ikke, at de gjorde, for de har købt annonceringspakker, som dækker mange medier.

Men efterfølgende bad virksomheder som Føtex, Nordea og IKEA deres reklamebureauer om at sikre, at deres annoncer ikke dukker op i Den Korte Avis.

Det fik Den Korte Avis til at kalde det "et angreb på ytringsfriheden", hvilket fik deres tilhængere til at udråbe Føtex som en virksomhed, der støtter islamisk terror. Derefter gik historien, at Føtex led stor skade på grund af en shitstorm på internettet, og efterfølgende boykot.

I hele den historie er der ingen, der har løjet. De har blot givet udtryk for deres holdinger og udvalgt de dele af fakta, der støttede deres holdninger.

Fronterne blev ridset lidt klarere op, og de implicerede virksomheder har muligvis mistet og fået nogle ganske få kunder, men i det store regnskab går det hele lige op.

Og dét er ofte resultatet af bullshit: En storm i et glas vand.

Mange fanatikere bruger ret konsekvent det trick – bevidst eller ubevidst – at de meget subjektivt udvælger fakta, der støtter deres holdning. At forfatterne til de misbrugte fakta står og skriger, at de tal ikke kan stå alene, gør meget lidt indtryk på fanatikere. Bare prøv at

finde online grupper af veganere, klimafor-
andringsnægtere, våbentilhængere, dyrevel-
færdsforkæmpere m.fl. Det er ret interresant
at se statistikker, Buddha og Albert Einstein
citeret helt ude af kontekst.

Heldigvis er det ofte relativt ufarligt, da fana-
tikere som regel 'prædiker for koret', dvs. kun
bliver hørt af dem, der i forvejen er enige.

Flere og flere medier tilbyder nu en såkaldt
facttjekker på nettet, så du kan se om en
historie 'holder vand', inden du deler den og
ender med at blive til grin.

"Problemet med citater på
internettet er, at de er svære at
verificere."

– Søren Kierkegaard

Krig

1

Størstedelen af alle krige starter som et forebyggende angreb. Begrundet eller ubegrundet angst er altså oftest årsagen til krig. Resten skyldes territoriale ambitioner. Religion bliver fra tid til anden brugt som årsag, men oftest længe efter krigen ér startet.

2

De, der starter en krig, tror oftest, at deres overmagt er så overvældende, at modstanderen vil overgive sig i løbet af et par dage, og tabstallene derfor vil være meget begrænsede. Men modstanderen forsvarer deres egne hjem, familier, livsstil og værdier, som de har været utallige generationer om at opbygge. Overgivelse er ikke en mulighed.

3

Medierne har en større, hurtigere og mere detaljeret dækning af krigene nu, end tidligere. Lad ikke dette indtryk forplumre fakta: Der er færre krige nu, end nogensinde før i verdenshistorien.

Mediedækningen er også skæv: Den mest omfattende krig i verden lige nu er borgerkrigen i Den Demokratiske Republik Congo.

4

Det skader ikke at fact-checke inden du udtaler dig om en konflikt...

- Der har aldrig eksisteret en regering i verden, der anerkendte Tibet som et selvstændigt land.
  (Jeg siger ikke at de ikke bør være det, men de har altså aldrig været det før).
- Den amerikanske borgerkrig handlede ikke om slaveri.
  (Den handlede om sydstaternes løsrivelse fra Unionen. Slaver var først et emne i slutningen af borgerkrigen.)
- USA har aldrig været i krig mod Vietnam.
  (De støttede én side i en borgerkrig, i Sydvietnam.)

- Hitler startede ikke 2. verdenskrig for at udrydde jøder. (Han startede den, fordi Tyskland var i voldsom knibe efter 1. verdenskrig og følte sig underkuet af nabolandene.)
- Al Qaeda, Islamisk Stat og Taliban er ikke samarbejdspartnere med et fælles mål. (De er på mange områder i konflikt med hinanden.)
- Utallige soldater er blevet dræbt af børn og kvinder. Mange soldater er gentlemen, når de drager i krig, men de færreste forbliver gentlemen ...

5

Mange konflikter minder i princippet om hinanden, så vi tager lige en case story: Korstogene...

Rom var engang en stormagt. De var alle modstandere totalt overlegne. Det eneste, der kunne true Rom, var intern konflikt. Da den kom blev Rom mindre. Så en dag sad de i Rom og kunne sådan set godt se, at Konstantinobel var lidt mere fremme i skoene, end dem. Så de ville overtage Konstantinobel, før Konstantinobel tog røven på dem.

Hvordan lokker man et utal af unge, europæiske, krigsliderlige psykopater til at kæmpe for noget så hjerneblæst som territoriale ambitioner? Jo, man indleder

kampen for Det Hellige Land – med mulighed
for at slæbe krigsbytte med hjem til sin træng-
te landsby, imens man soler sig i Guds påskøn-
nelse + stor hæder og ære.

Korstogene startede som et virkeligt klamt
og omfattende blodbad på muslimerne i mel-
lemøsten, og endte med en gedigen røvfuld til
korsridderne.

Når vi lige husker på, at islam sådan set bare
er en kristen sekt, og den naturlige loyalitet
imellem kristne og muslimer fik et alvorligt
knæk dér, så kan vi faktisk stadig se nogle
spor efter korstogene den dag idag. Kristne
og muslimer har simpelthen aldrig 'fundet
melodien' igen.

Det er lidt nederen.

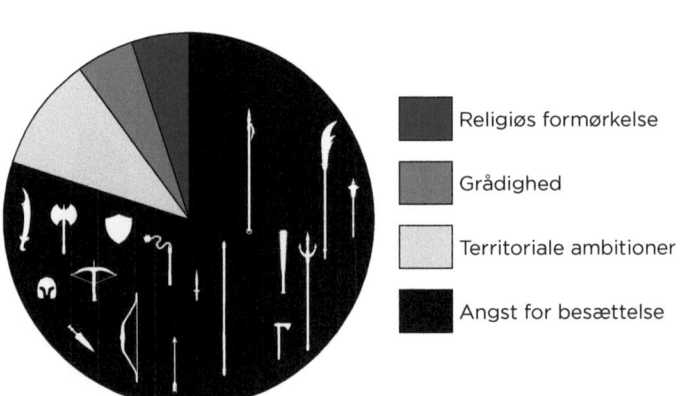

Religiøs formørkelse

Grådighed

Territoriale ambitioner

Angst for besættelse

Kolonier

Kolonier er én af de ting, der kan være svære at sluge. Hvordan i hede hule helvede kan ét land finde på at ville eje et andet land?

I nogle tilfælde er et ekspeditionsskib sejlet ud i verden, har fundet en lille ø, hvor der kun boede nogle primitive typer, så de plantede flaget, og erklærede ejerskab over øen, for konge og fædreland. Læs evt. Kaptajn Cooks logbog for flere detaljer.

I de fleste tilfælde er det dog lidt mere avanceret, men enkelt nok til at kunne forklares med ét eksempel, der i grove træk forklarer hele fænomenet.

Vi snupper sgu Britisk Østafrika.

England var et land. En nationalstat med konge på tronen, flag, hær og flåde. I England var der også købmænd. Nogle af dem ejede i fællesskab Imperial British East Africa Company, som handlede i Afrika og bragte krydderier, elfenben og andre værdier hjem til de europæiske markeder. På den afrikanske østkyst lå et område, som ikke var en nationalstat, ikke havde en konge, ingen hær og intet flag. Bare en flok bøvede bønder og nomader. Så Imperial British East Africa Company lavede en handelsstation, hvor de – beskyttet af egne soldater – drev en form for handel, som vel ikke har været helt fair overfor de lokale.

På et tidspunkt har de lokale fået nok af at blive taget i røven, blive voldtaget og trynet, så de har indledt et angreb på handelsstationen. Og dét var et angreb på engelske interesser, for kongen var tilfældigvis hovedaktionær i Imperial British East Africa Company. Så man sendte flåden afsted for at sætte de lokale på plads. Nu var det kongen – altså England – der overtog styringen, for at undgå mere ballade. Og på dén måde blev det en kronkoloni. De fulgte endda op med præster og skolelærere, så faktisk gjorde de de lokale en tjeneste, ved at civilisere dem. Syntes englænderne.

Først i 1919 blev Britisk Østafrika selvstændigt, under navnet Kenya.

Om det er Portugal i Brasillien, Frankrig i Indokina (Vietnam, Laos og Cambodia), eller Danmark i Grønland, er sådan set ét fedt. Historien er grundlæggende den samme.

Nogle gange skulle det dog gerne gå lidt hurtigere.

Krydderier var mere værd end guld og ædle stene, og det ærgrede briterne forfærdeligt, at hollænderne tog Hollandsk Ostindien (Indonesien) for snuden af dem. Det er dér de bedste krydderier er.

Til gengæld kunne de se, at hollænderne var nødt til at sejle igennem det smalle stræde ved Melaka for at komme hjem med sydfrugterne. Så de ville efterligne øresundstolden, Danmarks hidtil mest indbringende idé. For at gøre dét, måtte de jo indtage nogle nøglepositioner ned langs den malaysiske halvø, fra Penang til Melaka. Og det skulle gå lidt tjept.

Fra Calcutta, i det britiske Indien, sejlede de ned til Penang. Men de gad ikke noget pis med de lokale, så de lagde krigsskibe rundt om øen, og fyrede alle kanonerne af døgnet rundt i en uges tid, før de gik i land. På det tidspunkt var de lokale stammefolk dybt traumatiserede. Bingo: Vi har en koloni.

Da de også havde fået Melaka, opdagede de, at der var en konkurrent på markedet for at plyndre hollandske skibe. Singapore var simpelthen en sørøverrede. Så de måtte også snuppe Singapore, og gøre den til en koloni.

Med Penang, Dinding, Melaka og Singapore (de såkaldte Straits Settlements) ned langs den malaysiske halvø, var det kun et spørgsmål om tid, før der var ballade på hele halvøen, og så gentager historien sig: Kongen sender flåden, og British Malaya er en realitet.

Malaysia blev en selvstændig konføderation i 1957 og kylede Singapore ud af konføderationen i 1965. Singapore er vist det eneste land, der er blevet selvstændigt imod sin vilje, indtil vi tager Færøerne, i hoved og røv og hælder dem ud af Danmark.

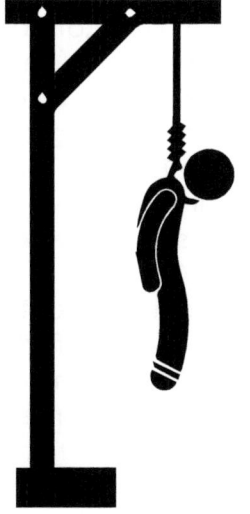

Selvstændighed fra en kolonimagt er til gengæld en mere speget affære. Nogle har brugt lang tid og meget vold på at kyle svinene ud (fx Algeriet vs. Frankrig), og andre har gjort det helt uden vold (fx Indien vs. England; Mahatma Gandhi smed egenhændigt englænderne ud, ved at være røv irriterende. Se filmen!).

I den rigtigt interessante ende er USA.

Her lykkedes det de lokale at smide englænderne ud efter en halvlang krig. Det sære er, at de 'lokale' selv var kolonister; ikke den oprindelige befolkning. Den oprindelige befolkning var stadig fucked.

USAs uafhængighedskrig er i øvrigt et skoleeksempel på, hvordan krige tit starter som små ubetydelige skænderier.

Man havde fået en slags demokrati i England, men ikke i kolonierne. Nogle veluddannede kolonister brokkede sig over at skulle betale skat, men ikke have indflydelse: "Without representation, no taxation!"

Sådan, stående på ølkasser med pamfletter i hånden. Uden det store resultat.

En dag kom der et skib med te ind i havnen i Boston. Te var heftigt beskattet. Så nogle af fyrene, der ikke kunne komme af med deres pamfletter, gik hen og smed teen i vandet. The Boston Tea Party kalder man det. (Ja, det har givet navn til 'The Tea Party Movement'; en stærkt højreorienteret bevægelse i dagens USA.)

Teen i vandet var mange penge værd, og hærværket førte til skyderier, som blev gengældt, og så var krigen igang.

Englænderne havde ellers forsøgt at forhindre det, ved at forbyde skydevåben. (Dét har desværre medført, at der i den amerikanske

grundlov står, at alle har ret til at eje skydevå-
ben. Tosser... Der bliver myrdet ti gange flere
mennesker i USA, per capita, end i Danmark.)
   Der findes stadig kolonier rundt omkring i
verden, og i mange tilfælde har befolkningen
valgt at forblive en koloni, ved afstemning.
Hvis dét ikke giver mening, så spørg ti færin-
ger. De kan bedre forklare det, og skændes
højlydt om det, end jeg kan.

Slaveri

Ingen ved hvor længe slaveri har eksisteret. En stamme eller klan har vundet over en anden stamme i en konflikt og bruger den anden stamme som gratis arbejdskraft. Særligt i Afrika og Asien har det været praktiseret 'siden tidernes morgen'.

Vi ved, at araberne satte det i system og gjorde slaver til en kommerciel handelsvare, før europæerne kom og gjorde slavehandel til en global affære, hvor man hentede slaver i Afrika, sejlede dem til Carribien, hvor man hentede sukker, bomuld og rom med hjem til Europa, og så forfra.

Først i 1800-tallet ophørte den kommercielle slavehandel, og det formelle slaveri blev forbudt.

Men slavehandel finder stadig sted, som en ulovlig forretning, hvor især unge kvinder bliver tvunget ind i slaveri, som arbejdere i såkaldte 'sweat-shops', eller som prostituerede. Det foregår i alle dele af verden, og er en forretning, der måske omsætter lige så meget som narkotikahandel.

I visse konflikter ender unge drenge som børnesoldater i fjendens hær, hvilket også er en form for slaveri.

Man må ikke glemme de private slaver, som i flere og flere tilfælde dukker op på politiets radar.

Det har ofte været en far, stedfar, onkel eller nabo der har holdt en ung pige fanget, og misbrugt hende til alt fra madlavning og tøjvask til sex og formering.

Et af de mest ekstreme, og kendte, eksempler er østrigeren Josef Fritzl, der holdt sin datter fanget i kælderen i 24 år, og fik syv børn med hende.

Sagen er desværre ikke enestående.

Argentineren Domingo Bulacio holdt sin datter indespærret som sexslave fra hun var 11 til hun var 31.

Begge mænd er blevet beskrevet af deres naboer som venlige og imødekommende.

Man kan undres over den menneskelige psyke: Det ene ræsonnement fører til det næste, og før dagen er omme kan tilsyneladende normale mennesker have fundet på noget som de fleste andre vil anse for grotesk.

Hvad end vi taler terror, krig, slaveri, Crocs eller folk der laver deres egen atombombe ude i haveskuret, skal du prise dig lykkelig over at leve i en verden, og en tid, hvor det er undtagelsen, og ikke reglen.

Danmark ophævede slaveriet i 1848, dels af moralske grunde, men primært fordi det var en dårlig forretning.

I 1917 solgte man de Vestindiske Øer til USA for 25 millioner US$ – uden at spørge lokalbefolkningen, som primært bestod af frigivne slaver...

Informations-teknologi

Begrebet informationsteknologi dækker over alle medier der kræver lidt mere teknisk snilde end fjer og blæk.

Skrift

I mellemøsten opfandt man små lertavler (omtrent på størrelse med en dvd), som man trykkede skrifttegn ned i, med en pind, der var kileformet i enden. Kileskrift kalder man det. Det er ca. 6.000 år siden.

Formålet var, at man kunne sende et 'printet' budskab til en anden by, i et andet land, med et andet sprog, uden at budskabet blev glemt eller forvrænget.

Den løsning har vi forfinet og udviklet igennem tiden, med trykplader, løse typer, telegraf, repro og CMYK tryk, inkjet printere, telefax, e-mail osv.

Omfanget af tekstformidling er vokset fuldstændig ekstremt siden kileskriften. Og budskaberne er blevet mere og mere forvrøvlede med tiden.

Lyd

På lydsiden er det først i de seneste ca. 150 år, man har evnet at optage og formidle bud- skaber og underholdning med fonografen, gramofonen, radio, spolebånd, kasettebånd, cd, Mp3 og Spotify.

Telefonen er fra 1860, hvor den stod på et bord, eller hang på væggen, indtil ca. år 2000, hvor størstedelen af telefonerne var mobile.

Film

Verdens ældste, stadig fungerende, biograf er Korsør Biograf Teater, som blev grundlagt den 30. januar 1907.

TV, der kom i 1925, har fået tilnavnet "husal- ter", men det er jo nok lidt af en underdrivelse. Ingen andre altre, eller religiøse effekter, be- tragtes med den samme hengivenhed, fokus og andægtighed.

Karl Marx sagde "Religion er opium for fol- ket". Åh, herre gud ... Fjolset anede ikke, at der 50 år efter hans død, ville blive opfundet et apparat der i dén grad kunne dope folket.

Internet

World Wide Web blev op-
fundet af Tim Berners-Lee i
marts 1989 og var tænkt som
et netværk imellem compu-
tere. Men i 2017 regner man
med at størstedelen af al
brug af internet foregår ved
hjælp af smartphones og
tablets.

Takket være de sociale me-
dier er der nu flere billeder af
mad på nettet, end af nøgne
piger.

Således har internettet
gang på gang forbløffet med
en uforudsigelig og ulogisk
udvikling.

Brug teknologien!

Da det jo er dig, der skal redde verden fra dén atombombe, som terrorister har lagt et hemmeligt sted, er det vigtigt, at du holder alle kanaler åbne:

- Gå ingen steder uden din mobil og hold den tændt hele tiden. Kig på den ved enhver given lejlighed, så du er sikker på ikke at gå glip af noget.
- Lad tv'et være tændt fra du kommer ind ad døren, til du går i seng. Hvis muligt: Sov foran tv'et.
- Dine børn bliver både mere rolige og bedre til at lære nyt, hvis de hver har en iPad foran sig hele tiden. Børn, der ikke kan fokusere på en iPad i mere end seks timer ad gangen har ADHD og bør behandles medicinsk.
- Samfundet har brug for folk, der kan multitaske: Lytte til musik, imens du læser en bog og kaster små blikke på mobilen, for at se, om der er kommet nyt på sms eller Facebook.
- Hold dine forbindelser orienteret om alle detaljer, der kan have betydning: Del hvor du er, med hvem, hvorfor, hvad I laver, hvilken musik I lytter til, hvad I får at spise, og hvor langt du har løbet. Det er derfor vi har Facebook!

Du kan evt. supplere med Twitter, TripAd-visor, Instagram, SnapChat og LinkedIn, for at være sikker på, at budskabet er nået ud til alle relevante parter.

- At finde din partner på arbejdspladsen el-ler igennem fælles bekendte er irrationelt! På online datingsider kan du med fordel finde en person, der matcher dine interes-ser, præferencer og vaner.

- Folk, der taler om, at alting var bedre – eller mere "autentisk" – før internettet og smartphones er bagstræberiske og teknologiforskrækkede, og formodenligt i ledtog med terroristerne! Læg en klar af-stand til synspunktet.

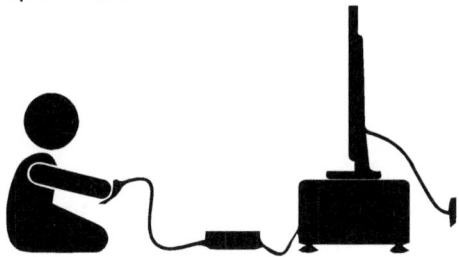

Overvågning

1984 var året hvor vi begyndte at gøre status over overvågningen: Er den virkeligt så om-fattende som i George Orwells science fiction roman "1984" (skrevet i 1949)?

Mange begyndte for alvor at bruge begrebet "Big Brother" om den kontrol, myndighederne foretog med videokameraer og telefonaflyt-ninger. Modstanden var stor imod mere over-vågning. Indtil 11. september, 2001, hvor vi alle

sammen blev enige om, at der ikke kan være overvågning og kontrol nok, med tanke på hvilke rædsler vi skal beskyttes imod.

Hvis "Big Brother" ikke skræmmer dig, så kan du rette opmærksomheden på "Little Brother"; et udtryk for den samlede mængde overvågning, der foregår, ved at private personer i deres fritid optager video med deres smartphones (eller droner) og deler på sociale netværk, uden myndighedernes kontrol, og uden for almindelige regler om datatilsyn.

Samtidig kan du forestille dig en hacker, der får uhindret adgang til alt på din computer, smartphone og iPad.

Lad mig sige det sådan her: Jeg er kraftedeme glad for, at jeg begik mine teenage dumheder i en tid, hvor hverken internettet eller smartphones var opfundet. – nok har jeg et skidt rygte i min barndomsby, men der er i det mindste ikke nogen der kan bevise noget!

Sociale netværk – del 1

Facebook, Twitter, LinkedIn, Tumblr, Instagram, og hvad de ellers hedder, har ét formål: Enhver, der har lyst, kan oprette en profil og fortælle, hvad de har lyst til at fortælle, og andre kan så vælge at følge dem.

Dét, du skriver på sociale netværk, kan kommenteres, deles med en større kreds af følgere, og gemmes.

Nogle sociale netværk bryster sig af at tilbyde dig en højere grad af kontrol med, hvem der kan se hvilke indlæg.

Så længe der er folk, der vil genere dig, og man kan tage billeder af skærmen, kan du stikke denne kontrol skråt op.

Dét, du skriver på internettet, kan deles på internettet, af enhver, til enhver.

Del gerne! Men del med omtanke. Det eneste, der bevæger sig hurtigere end lyset, er det billede af dig, hvor du brækkede dig ned i sekretærens kavalergang til julefrokosten.

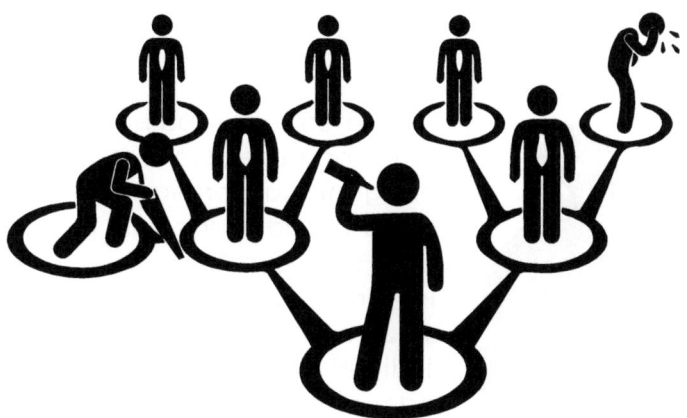

Sociale netværk – del 2

Likes, thumbs up, hjerter, stjerner.

For nogle – navnligt teenagere – er 'likes' på de sociale medier en målestok for succes i livet. De er vigtigere end penge og kærlighed. Faktisk er der nogle, der bruger penge på at købe 'likes'.

Spørgsmålet er, hvornår forholdet til de sociale medier er et problem i det virkelige liv.

Prøv følgende fremgangmåde for at kontrollere dit eget forhold til sociale medier:

Lad være. Bare i en måned, og se hvordan du har det. Hvis det er et problem for dig at undvære de sociale medier, så har du et usundt forhold til dem.

De sociale medier erstatter opslagstavlen henne i Brugsen. Større betydning har de ikke. Og hvis de har, så har du lagt dit liv ind på et usundt spor.

Bemærk at folk der er født omkring 1970, eller tidligere, ikke forstår internettet.

Hvis du læser kommentarer fra disse generationer på Facebook ser du ofte, tydeligt, at de simpelthen ikke begriber, at der sidder levende mennesker på en anden skærm og læser. De slynger om sig med ukvemsord, som de aldrig ville bruge hvis personen stod overfor dem.

Hører du til denne gruppe: Luk øjenen et øjeblik, og forestil dig at personen du svarer sidder i dit køkken med en øl.

Sluk mobilen

Mobilen er rigtigt smart. Med den kan du være i konstant kontakt med alle, med opkald, sms, messenger, Facebook, e-mail...

– men hvornår skal du slukke?

Det skal du når du:

- Er i biografen
- Henter dit barn i SFO'en
- Sidder i sofaen med kæresten
- Går en tur i skoven
- Deltager i et møde
- Ligger i sengen
- Besøger en helligdom
- Deltager i en konfirmation, barnedåb, begravelse, vielse, eksorcisme eller et sakramente
- Er påvirket
- Er på date
- På caféer og restauranter
- Fører bil, motorcykel, cykel, fly, skib eller rumfærge
- Elsker
- Leger
- Læser en god bog
- Letter og lander (også i enhver overført betydning!)

Hej smukke!!!!!!
  Jeg vil bare sige at jeg elsker
dig stadig, og er rigtigt ked af
at jeg slog op med dig.
  Jeg tænker rigtig meget på
dig, og ikke kun fordi jeg vil

ADVARSEL:
Du er stærkt beruset.
Er du sikker på at du vil
sende denne sms?

enormt ked af at jeg kneppede
med din søster, men det ebtød
ikke noget. For det er kun dig
jeg vil ha, og jeg græder mig i
søvn hver aften, fordi jeg bare
savner dig for vildt |

Hævnporno

Det er mere og mere almindeligt lige at tage et nudeselfie og sende til kæresten.

Især dem, der er kønne, når de er nøgne.

Altså piger.

Og nu står du så med et nøgenbillede af x-kæresten på din mobil. Okay, hun var snotdum, men meget pæn nøgen.

Så du smider lige billedet til et par af drengene.

Klik.

Sendt.

...

* Eftertænksomhed *

...!?!

Nu har du travlt! Travlt som ind i helvede, for at være helt nøjagtig.

Du skal nå rundt på din scooter til drengene, få fat i deres mobiler og slette billedet, inden de når at se det. Og især inden de når at sende det videre.

For det, du lige har gjort, er ikke bare fejt og dybt forkasteligt. Det er også ulovligt. Og hvis hun er under 18 år er det børneporno. Du har slet ikke lyst til at tage konsekvensen af den handling, du lige har foretaget.

Og så er det stadig hende, der må tage den største konsekvens.

Jo, jo, hun sendte selv billedet til dig.

– Privat.

– I tillid.

Verdens tilstand

Der er meget angst forbundet med udsigten til fremtiden.

Hvad værre er: Ethvert forsøg på at forudsige fremtiden vil blive lige så forvrøvlet som den unge ingeniør, eller blive modtaget med lige meget hovedrysten og latter, som den gamle professor, i indledningen.

Selv verdens nuværende tilstand er omgærdet af mere vrøvl end fakta.

Lad os tage nogle populære overskrifter.

Verdens befolkningstal

I skrivende stund (februar 2017) er verdens befolkningstal anslået til 7.483.328.400 mennesker. Tallet stiger med lidt over én person i sekundet.

Overbefolkning har altid været en kilde til forestillinger om en apokalypse.

Den engelske demograf og økonom Thomas Malthus profeterede i 1800-tallet, at verdens befolkning vil stige eksponentielt, imens fødevareproduktionen kun ville stige lineært.

Resultatet ville blive en verden i næsten konstant hungersnød.

Den eneste bremse i dette scenarie var epidemier og krige – et nødvendigt onde ...

I 2012 kunne den svenske forsker Hans Rosling imidlertid påvise, at det er noget vrøvl.

Faktisk er befolkningstilvæksten reelt faldende. Den eneste grund til at vi bliver flere hver sekund, er at folk lever lidt længere for hver generation – også i den tredje verden.

Børnefødsler er på vej til at falde til et globalt gennemsnit på to børn pr. kvinde (dvs. par), og dermed bliver fødselstilvæksten nul.

Samtidig bliver vi ikke ved med at blive ældre i det uendelige, og verdens befolkning forventes at stagnere på ca. 10.000.000.000 mennesker, omkring år 2050.

Men bemærk, at vi på ingen måde fylder kloden op. Faktisk klumper vi os sammen i Europa, Indien, det østligeste Kina, Java, Japan, Mexico, og USAs øst- og vestkyst. Fra et demografisk synspunkt er der stort set mennesketomt i Afrika, Latinamerika, Rusland, det centrale USA, Canada, Australien, mellemøsten og halvdelen af Kina.

Fødevarer og sundhed
Men hvor bliver hungersnøden af?

I procent er der færre, der sulter, på trods af at vi er blevet flere.

Det skyldes en langt mere effektiv produktion af fødevarer, og en forbedret logistik.

Ifølge verdenssundhedsorganisationen er der i dag færre, der sulter, og langt flere, der har adgang til rent drikkevand, end for bare ti år siden.

Samtidig falder spædbarnsdødeligheden, mens tilgængeligheden af medicin og prævention er stigende, og der er langt færre væbnede konflikter end tidligere.

Alt sammen tal, der fortæller os, at den generelle levestandard er stigende, samtidig med – eller på trods af – at vi er blevet flere på planeten.

Væbnede konflikter
Krige, terror og oprør er altid tragisk. Ikke alene fordi unge mennesker dræber hinanden i angst, men navnligt fordi væbnede konflikter obstruerer fødevareproduktion, logistik, handel, lagring, sundhedsvæsen osv.

Det betyder, at der ofte følger sult, øget børnedødelighed, epidemier m.m. i kølvandet på konflikter.

Der er borgerkrig i Syrien, som flere og flere blander sig i. Der er også ufred i Afghanistan, Irak og i Israel-Palæstina. De mest omfattende konflikter er dog borgerkrigene i Den Demokratiske Republik Congo og Sydsudan.

– selvom medierne ikke orker at rapportere om disse krige.

Medierne orker heller ikke at rapportere, når der ikke længere er krig.

Derfor får vi let den opfattelse, at der bliver mere og mere krig i verden, selvom det faktuelt forholder sig stik modsat.

Der har aldrig været så få væbnede konflikter, i verden som der er nu.

Den synlige forskel, der forstærker indtrykket af mere krig, er, at Syrien grænser op til Europa, og flygtningene derfor kommer forbi os.

Syrien modtog på samme måde talrige flygtninge fra Europa under 2. verdenskrig.

Miljøet

Verden lider ikke. Vi lider.

Forstå mig ret: 'Moder jord' har oplevet istider og meteornedslag og er blevet beboet af encellede organismer, dinosaurer, mamutter, sabelkatte og neanderthalere. Der opstår nye arter hele tiden, og der dør arter hele tiden. Nogle få af dem er vores skyld.

Men 'moder jord' er pisse ligeglad.

Når vi vil bevare biodiversiteten er det for vores egen skyld. Når vi beskytter kontinenter mod invasive arter, når vi forbyder krybskytteri og prøver at redde Maldiverne fra den forhøjede vandstand, så er det for menneskenes skyld.

Så er dét på det rene.

Men når vi nu gerne vil efterlade en jord med lavtliggende stillehavsøer, tigre og giraffer til vores efterkommere, så er der nogle ting, vi skal tage med i beregningen.

Som den unge ingeniør, i indledingen, sagde, så er verden blevet varmere siden istiden. Det er naturligt. Den globale opvarming er på ingen måde vores skyld, eller noget vi kan undgå.

Meget tyder til gengæld på, at vi har haft stor indflydelse på tempoet. Talrige beviser peger på, at vores kuldioxid (CO_2) udslip har fået opvarmingen af kloden til at accelerere.

Medmindre du bor på Grønland, er det ikke noget, du kan mærke.

Det er ikke sådan, at hvis du synes, at sommeren er særligt varm eller regnfuld, så er det den globale opvarmnings skyld. Det er heller ikke sådan, at den globale opvarming er aflyst, fordi vi får en særligt kold vinter.

Den globale opvarmning betyder, at den globale temperatur stiger med få grader på hundrede år.

Effekten kan til gengæld ses på Grønland, hvor fjorde, der plejer at fryse til om vinteren, pludseligt er isfri. Eller hvis du bor på Svalbart, hvor man kan se isbjørnene lede desperat efter isen, som de plejer at bruge, når de jagter sæler.

Derfor er isbjørnen blevet et symbol for den globale opvarmning.

Vi kan ikke vende opvarmningen og nedkøle jorden. Vi kan måske bremse den accelererende effekt, ved at udlede mindre kuldioxid.

Men vi kan ikke gøre det i ét land. Så vi prøver at lave globale aftaler.

Det er ikke så let.

Politiske interessegrupper baserer deres lobby på, at mennesket ikke har nogen indflydelse på den globale opvarmning, overhovedet.

Den kinesiske regering har besluttet, at de er pisse ligeglade. De har tænkt sig at øge kuldioxidudledningen, simpelthen fordi de vil producere strøm til flere husstande. Fra deres synspunkt er det en højrøvet holdning fra den vestlige verdens side, at vi – der alle sammen har strøm – skal diktere at kineserne ikke må få strøm i alle hjem, på grund af nogle få grader celsius på hundrede år.

Men på det private plan er det heller ikke let. Du skal bruge mindre elektricitet og køre mindre i bil, også selvom stigende priser på offentlig transport gør det dyrere at køre i tog end i egen bil. Hvad vil du ofre?

Kuldioxidudslippet skyldes ikke kun forbrænding af fossile brændstoffer. Det skyldes også skovrydninger.

Lad mig lige skyde en bemærkning ind til en almindelig misforståelse: Man rydder ikke skov for at lave papir! Alt papir i Europa kommer fra skove i Europa – primært Sverige og Finland – der genplantes.

Man rydder skov for at få plads til landbrug. Det landbrug, der er med til at brødføde verdens befolkning.

Så udfordringen ligger tre steder:

1. Hos verdens regeringer, der skal lave holdbare og realistiske aftaler om at nedbringe udledningen af CO_2
2. Hos kloge mennesker, der opfinder CO_2-reducerede eller -neutrale måder at producere mad, drive motorer, producere elektricitet osv.
3. Hos dig, der skal spare på emballagen, strømmen, benzinen og varmen.

133

Meningen med livet

Nej ...

Der er ikke en 'mening' med livet. Der er ikke en overordnet 'plan' for hvad du skal opnå, udrette eller lære i løbet af livet.

Millioner af mennesker har spildt deres liv på at søge efter en 'mening'. En 'grund' til, at de er blevet født.

Mindst lige så mange har spildt det meste af deres liv på at forfølge en meget langsigtet plan.

Dét, de spildte, var de oplevelser der lå lige foran dem. De muligheder, der dukkede op i periferien af deres synsfelt.

Fyld dit liv. Fyld det med opgaver, oplevelser og opdagelser.

Fokuser på dét, du har lige foran dig nu og her. Denne bog. Opvasken. Leg med børnene. Gå en tur og se alt, hvad du kan se på vejen. Vær til stede.

Læg gerne planer. Korte og lange. Men lad aldrig planerne forhindre dig i at koncentrere dig hundrede procent om dét, du har i hænderne, og vær altid parat til at afvige fra dine planer for at forfølge din nysgerrighed.

"Livet er det, der sker, imens vi har travlt med at lave andre planer."

80 % af det du planlægger, og 90 % af det du bekymrer dig om, kommer aldrig til at ske. Der er simpelthen for mange faktorer, der kan spille ind, til at planer og bekymringer kan blive indfriet med en højere frekvens end 10-20 %.

Spørgsmålet er, om du vil forsøge at fastholde din verden i et status quo og lade alle forandringer være uvelkomne livsforringelser, eller om du selv vil tage initiativ til nogle forandringer, nogle afvigelser, nogle pludselige indskydelser ...?

Din krop er en maskine, som sætter dig i stand til at komme rundt, elske, opleve, sanse og fortsætte med at leve, så længe som muligt. Pas godt på den. Spis varieret og træn dine lemmer. Sørg for, at maskinen er velsmurt og har brændstof nok.

Din hjerne er en del af maskinen, som kræver særlig opmærksomhed: Sørg for at den bliver fodret med indtryk, informationer og inspiration.

Hjertet er en muskel. Det skal trænes. Både i praktisk og overført betydning.

Så holder maskinen til mere, i længere tid.

– og du kan få mere sex, sandwich og soduko, inden du dør.

Faktaliste

Denne liste tjener til at udrydde nogle almindelige misforståelser.

- Du får ikke dårlige øjne at at læse i dårligt lys.
- Du undgår ikke tømmermænd ved kun at drikke én type alkohol.
- Fugle tager ikke skade af at spise rå ris.
- Amning giver ikke hængebryster.
- Nye hår bliver ikke kraftigere efter barbering.
- Mobiltelefoner kan ikke påvirke instrumenterne på et fly.
- Darwin har ikke sagt "de stærkeste overlever", men "de bedst tilpassede overlever".
- Man kan ikke se den kinesiske mur – eller andre menneskeskabte bygninger – fra månen.
- Du bruger ikke 'kun ca. 10 % af din hjerne'. Kunne det måles i procenter, bruger du nærmere omkring 100 % …
- Mænd tænker ikke automatisk på sex et bestemt antal gange om dagen, eller med et bestemt interval.
- Du sluger højst sandsynligt ikke én eneste edderkop i søvne, i løbet af livet.
- Kaffe og øl er ikke dehydrerende.
- Det spil, der giver størst chance for at vinde en million kroner, er Klasselotteriet.

- Du kan ikke tilføre håret vitaminer, proteiner eller 'nyt liv', da håret består af dødt hornstof (90 % polymer (protein) og 10 % vand).
- Der findes ikke nogle cigaretmærker eller -typer, der er mindre kræftfremkaldende end andre.
- Der findes ikke nogle racer, etniske eller religiøse grupper, hvor homoseksualitet er mere eller mindre udbredt end i andre.
- Hvis du kører én km ud og én hjem, for at købe en lotto-kupon, har du større sandsynlighed for at blive dræbt i trafikken på vejen, end for at vinde den store præmie.
- Nogle af de TV-programmer, hvor flest scener er taget om, er såkaldt reality-TV.
- Brunt sukker er ikke sundere end hvidt – ingen former for sukker indeholder vitaminer eller mineraler af nogen art ...
- Sukker er ikke årsag til diabetes (sukker-syge).
- Risikoen for at blive offer for tilfældig vold er faldet støt i ti år (i DK).
- Risikoen for at blive dræbt i trafikken er faldet støt i syv år (i DK).
- Du bliver ikke forkølet af at fryse. – forkølelse skyldes en virus, som trives godt om vinteren, hvor vi lukker vinduerne.
- Dine øjne tager ikke varig skade af at sidde tæt på fjernsynet eller computerskærmen.
- Du kan helt problemfrit gå i vandet lige efter du har spist.

- Du bliver ikke hurtigere beruset af champagne end af andre former for vin.
- Der er faktisk rigtig fisk i McDonalds' Filet-O-Fish®.
- Du får ikke et sundt tilskud af antioxidanter af at drikke grøn te, da de eneste antioxidanter din krop kan bruge til noget er dem den selv danner.
- Den største fare ved trampoliner er ikke børn, der falder af dem, men børn, der falder oven på hinanden på trampolinen (en stor procentdel af operationskrævende knoglebrud hos børn i DK).
- Vandet i danske vandhaner er lige så rent og 'helsebringende' som kildevand på flaske.
- Der er mere end dobbelt så mange Android telefoner som iPhones (Bemærk at Android bruges af flere telefon-producenter, iOS kun af én).
- Spædbørn har faktisk en større risiko for at lide vuggedøden, ved at blive lagt på maven.
- Jorden er ikke rund, som en globus. Den er mere oval.
- Udtrykket "spam" om uønskede e-mails er inspireret af en Monty Pyton film.

"Det er jo en mærkelig verden vi lever i. Men det er nok meget godt. For hvis det var en helt almindelig verden, ville det jo være kedeligt."

– Simone Dupont, 7 år